Diogenes Taschenbuch 21188

de
te
be

»Tag des Buches« '97

Prosper Mérimée

Carmen

Novelle

Aus dem Französischen von Arthur Schurig

Diogenes

Die Novelle erschien erstmals 1845
in der ›Revue des Deux Mondes‹
Die gleichnamige Oper von Georges Bizet nach dem
Libretto von Henri Meilhac und Ludovic Halévy
wurde 1875 in Paris uraufgeführt
Die vorliegende Übersetzung erschien erstmals 1924
im Buchenau & Reichert Verlag, München
Umschlagillustration: Francisco Goya,
›Doña Isabel de Porcel‹, um 1805 (Ausschnitt)
The National Gallery, London
Foto: The National Gallery
Frontispiz: Prosper Mérimée, 1845

Veröffentlicht als Diogenes Taschenbuch, 1984

40/93/8/3
ISBN 3 257 21188 0

Pasa gyne cholos estin; echei
d'agathas dyo horas,
Ten mian en thalamo, ten mian
en thanato.

Palladas

IMMER SCHON HATTE ICH DIE GEOGRAPHEN im Verdacht, daß sie nicht wissen, was sie sagen, wenn sie das Schlachtfeld von Munda in die Gegend von Bastuli-Poeni legen, nahe dem heutigen Monda, etwa zwei (französische) Meilen nördlich von Marbella. Nach meiner persönlichen Deutung des Textes des Bellum Hispaniense (den Autor kennen wir nicht), sowie nach gewissen Aufschlüssen, die mir die berühmte Bibliothek des Herzogs von Ossuna gewährt hat, glaubte ich den denkwürdigen Ort, wo Cäsar den letzten entscheidenden Schlag gegen die Kämpen der Republik führte, bei Montilla suchen zu dürfen.

Als ich im Frühherbst 1830 in Andalusien weilte, machte ich einen ziemlich weiten Ausflug, um mir völlige Klarheit hierüber zu verschaffen. Eine Denkschrift, die ich demnächst zu veröffentlichen vorhabe, wird, hoffe ich, alle gewissenhaften Altertumsforscher jedweder Unsicherheit entheben. In der Voraussicht, daß meine Abhandlung das topographische Rätsel, das das ganze gelehrte Europa beschäftigt hat, endlich löst, will ich eine kleine Geschichte erzählen, ohne die reizvolle Frage nach der Lage von Munda irgendwie bereits aufzuhellen.

Ich hatte mir in Kordova einen Führer und zwei Pferde gemietet und hatte mich mit Cäsars Kommentaren und ein paar Hemden als einzigem Gepäck auf den Weg gemacht. Eines Tages, als ich das Oberland der Ebene von Kachena durchstreifte, müde, matt, halbtot vor Durst, von bleierner Sonne geröstet, Cäsar und die Söhne des Pompejus herzlichst zum Teufel wünschend, bemerkte ich ziemlich fern von meinem Pfad ein Stück grünen Rasen mit Binsen und Schilf. Offenbar war da ein Quell in der Nähe. Richtig; wie ich mich der Stelle näherte, sah ich, daß der vermeintliche Rasen ein Sumpf war, in dem sich ein Rinnsal verlor, das, wie es schien, aus einer engen Schlucht zwischen zwei hohen Vorbergen der Sierra von Kabra herkam. Ich folgerte, daß ich weiter oben frischeres Wasser finden werde mit weniger Blutegeln und Fröschen und vielleicht inmitten der Felsen etwas Schatten. Am Eingang der Schlucht wieherte mein Pferd, und ein andres, das ich nicht sah, tat sogleich dasselbe. Kaum war ich hundert und einige Schritt gegangen, da verbreiterte sich die Schlucht plötzlich und ließ mich eine Art Naturzirkus erblicken, der durch die hohen Felswände ringsum völlig im Schatten lag. Unmöglich hätte der Wanderer einen Platz finden können, der angenehmere Rast verhieß. Zu Füßen der steilen Wände sprudelte der Quell und ergoß sich in ein kleines Becken über schneeweißem Sand. Ein halbes Dutzend prächtige grüne Eichen, vor jedem Wind geschützt und vom Wasser immer frisch gehalten, umstanden den Rand und machten die Flut tiefschwarz. Endlich bot das feine glänzende Gras rings um das Becken ein Lager, wie man es besser in keiner Herberge zehn Stunden in der Runde gefunden hätte.

Doch nicht mir gebührte die Ehre, diesen so schönen Platz entdeckt zu haben. Ein Mann hielt hier bereits Rast; wahrscheinlich hatte er geschlafen, als ich einbrach. Durch das Gewieher geweckt, war er aufgestanden und an sein Pferd gegangen, das sich den Schlummer seines Herrn zunutze gemacht und im nahen Gras geweidet hatte. Es war ein junger Bursche, mittelgroß, von kräftigem Aussehen mit finsterem, stolzem Blick. Seine Gesichtsfarbe war wohl einmal schön gewesen, aber im Sonnenbrande war sie dunkler geworden als sein Haupthaar. In der einen Hand hielt er den Trensenzügel, in der andern eine kupferne Pistole. Ich bekenne, daß mich das Schießgewehr und die wilde Miene ihres Trägers zunächst ziemlich verdutzt machten; doch ich glaubte nicht groß an Räuber, weil ich von ihnen zwar hatte sprechen hören, nie aber welchen begegnet war. Überdies hatte ich so viele ehrsame Pächtersleute bis an die Zähne bewaffnet zu Markte ziehen sehen, daß mir der Anblick einer Pistole nicht genügte, die gute Gesinnung des Unbekannten anzuzweifeln. Und dann, sagte ich mir, was hätte er von meinen Hemden und meiner Elzevirausgabe der Kommentare?

Also grüßte ich den Mann mit der Pistole mit vertraulichem Kopfnicken und fragte ihn lächelnd, ob ich ihn im Schlafe gestört hätte. Ohne mir zu antworten, maß er mich vom Kopf bis zu den Füßen. Sodann — ich hatte das Examen bestanden — betrachtete er ebenso gründlich meinen mir nachkommenden Führer. Ich sah, wie dieser erbleichte und voll sichtlichem Schreck stehenblieb. Eine üble Begegnung! dachte ich bei mir. Doch sofort riet mir die Klugheit, mir keinerlei Unruhe anmerken zu lassen. Ich saß ab, rief dem Führer zu, das Pferd abzuzäumen, kniete am Rand des Quells nieder und tauchte Kopf und Hände hinein. Dann trank ich, platt hingestreckt wie die Krieger Gideons, einen tüchtigen Schluck.

Währenddem beobachtete ich meinen Führer sowie den Unbekannten. Jener näherte sich, weil ihm nichts andres übrig blieb; der andre führte offenbar nichts Böses gegen uns im Schilde; denn er hatte sein Pferd wieder losgelassen, und seine Pistole, die er anfangs wagerecht gehalten, war jetzt zur Erde gesenkt.

Ich hielt es für gut, die geringen Umstände, die man mit meiner Person machte, nicht übelzunehmen, streckte mich ins Gras und fragte den Mann mit der Pistole in unbefangenem Tone, ob er Feuerzeug bei sich habe. Zugleich holte ich meine Zigarrentasche heraus. Nach wie vor stumm, griff der Unbekannte in seine Tasche, brachte sein Feuerzeug vor und machte mir unverzüglich Feuer. Er wurde umgänglicher, denn er nahm mir gegenüber Platz. Als meine Zigarre in Brand war, wählte ich aus den übrigen die beste aus und fragte ihn, ob er Raucher sei.

Ja, Herr, erwiderte er. Das waren die ersten Worte, die ich von ihm zu hören bekam, wobei ich merkte, daß er das s nicht auf andalusische Art aussprach. Ich schloß hieraus, daß er gleich mir ein Wandersmann war, wenn auch kein archäologischer.

Diese wird Ihnen schmecken, sagte ich, indem ich ihm eine echte Havanna-Regalia reichte.

Er nickte leicht mit dem Kopfe, zündete seine Zigarre an der meinen an, dankte mir nochmals durch die gleiche Bewegung und begann dann zu rauchen, sichtlich mit dem größten Vergnügen.

Wie er den ersten Zug langsam aus Mund und Nase paffte, rief er: Ach, es ist lange her, daß ich geraucht habe!

In Spanien bedeutet eine dargereichte und genommene Zigarre beginnende Gastfreundschaft, ganz wie im Morgenlande geteiltes Brot und Salz. Mein Mann erwies sich gesprächiger als ich ihm zugetraut. Übrigens kannte er die Gegend offenbar so gut wie nicht, trotzdem er sich für einen Bewohner des Partido von Montilla ausgab. Er wußte weder den Namen des reizenden Tales, in dem wir uns befanden, noch vermochte er sonst ein Dorf in der Nähe zu nennen. Und auf meine Frage, ob er im Umkreise keine zerstörten Mauern, Bruchstücke von Simsen oder steinerne Skulpturen gesehen habe, gestand er, daß er auf derlei Dinge niemals sein Augenmerk richte. Dafür war er Pferdekenner. Er beurteilte meinen Gaul, was nicht weiter schwierig war. Sodann erzählte er vom Pedigree seines Pferdes; es entstammte dem berühmten Kordovaer Gestüt. In der Tat, es war ein edles Tier und so ausdauernd, daß es, nach dem Berichte seines Herrn, einmal hundertzwanzig

Kilometer an einem Tage, teils im Galopp, teils in starkem Trabe, zurückgelegt hatte. Plötzlich brach der Unbekannte seinen Wortschwall ab, als sei es ihm unlieb, allzuviel gesagt zu haben. Ich hatte es nämlich sehr eilig, nach Kordova zu kommen, erklärte er ziemlich verlegen. Ich wollte einen Prozeß anhängig machen... Dabei blickte er meinen Führer an, der die Augen niederschlug.
Der Schatten und die Quelle begeisterten mich dermaßen, daß mir der vorzügliche Schinken einfiel, von dem meine Freunde in Montilla ein paar Schnitte in die Packtasche meines Führers verpackt hatten. Ich hieß sie bringen und lud den Unbekannten ein, am Picknick teilzunehmen. Wenn es lange her war, daß er geraucht hatte: gegessen konnte er in den letzten achtundvierzig Stunden gewiß nicht haben; denn er aß gierig wie ein ausgehungerter Wolf. Unsere Begegnung war für ihn so etwas wie eine Gnade des Himmels. Mein Führer hingegen aß wenig, trank noch weniger und sprach kein Wort, obwohl er zu Beginn unsrer Wanderschaft ein Schwätzer sondergleichen gewesen war. Die Gegenwart meines Gastes war ihm offenbar unangenehm, und gegenseitiges Mißtrauen hielt sie einander fern, ohne daß ich mir über die Ursache klar ward.
Die letzten Stücke Brot und Schinken waren längst verschwunden, und jeder hatte eine zweite Zigarre geraucht. Ich befahl dem Führer, unsere Pferde zurechtzumachen, und wollte von meinem neuen Freund Abschied nehmen, als er mich fragte, wo

ich zur Nacht zu bleiben gedächte. Ehe ich ein Zeichen meines Führers begriff, hatte ich entgegnet, ich wolle nach der Venta del Cuervo (Schenke zum Raben) reiten.

Schlechte Herberge für Euresgleichen, Herr..., meinte er. Ich begebe mich auch dahin, und wenn Ihr mir gestattet, Euch zu begleiten, machen wir den Weg zusammen.

Sehr gern, erwiderte ich, indem ich aufsaß. Mein Führer, der mir den Bügel hielt, zwinkerte mir abermals zu. Ich antwortete mit einem Achselzucken, zum Zeichen, daß ich völlig sorglos sei, und so brachen wir auf.

Antonios geheimnisvolle Zeichen, seine Unruhe, etliche dem Unbekannten entfahrene Worte, insbesondere sein Dauerritt und die von ihm vorgebrachte wenig glaubhafte Begründung hatten meine Meinung über meinen Reisegefährten gefestigt. Ich war mir nicht im Zweifel, daß ich es mit einem Schmuggler zu tun hatte, vielleicht gar mit einem Räuber. Was störte mich das? Ich kannte den Charakter des Spaniers hinlänglich, um voll überzeugt zu sein, daß ich von einem Manne, der mit mir gegessen und geraucht hatte, nichts zu befürchten brauchte. Ja, seine Gegenwart war mir sicherer Schutz gegen jedwede schlimme Begegnung. Übrigens war ich erfreut, einen echten Briganten kennenzulernen. Man sieht nicht alle Tage einen, und es hat seinen Reiz, sich in Gesellschaft eines gefährlichen Wesens zu wissen, zumal wenn es einen zahm und zutraulich dünkt.

Ich hoffte den Unbekannten allmählich zu Geständnissen zu bringen und lenkte, ungeachtet des Augenzwinkerns meines Führers, die Unterhaltung auf die Straßenräuber. Natürlich sprach ich mit Hochachtung darüber. Es gab damals in Andalusien einen berüchtigten Banditen namens José Navarro, dessen Taten in aller Munde waren. Wie, wenn ich zur Seite dieses Helden wäre! dachte ich bei mir. Und ich erzählte die Geschichten, die ich von ihm kannte, übrigens lauter lobesame Dinge, und zollte seiner Tapferkeit und seinem Edelmut Worte hoher Bewunderung.

José Navarro ist ein Gauner und nichts weiter, meinte der Unbekannte kalt.

Ist das Selbstverdammung oder übertriebene Bescheidenheit? fragte ich mich nachdenklich; denn je länger ich meinen Begleiter betrachtete, desto mehr fand ich das Signalement von José Navarro, das ich am Tore mancher andalusischen Stadt gelesen hatte, auf ihn passend. Ja, er ists! Blondes Haar, blaue Augen, großer Mund, schöne Zähne, kleine Hände, feines Hemd, Samtjacke mit Silberknöpfen, weiße Ledergamaschen, beritten, ein Brauner... Kein Zweifel! Aber ehren wir sein Inkognito!

Wir kamen zur Schenke. Sie war, wie er sie mir geschildert hatte: eine der elendesten Spelunken, die ich je geschaut. Eine einzige große Stube diente als Küche, Eßzimmer und Schlafgemach. In der Mitte des Raumes brannte auf einer Steinplatte das Feuer, und der Rauch zog durch ein

Loch im Dache ab; vielmehr er blieb drinnen und brütete als Wolke etliche Fuß überm Boden. Längs der Wand sah man auf der Erde fünf oder sechs alte Mauleselwoilache hingebreitet; das waren die Betten der Reisenden. Zwanzig Schritt vom Hause (das heißt von dem beschriebenen einzigen Raume) stand eine Art Schuppen, der den Stall darstellte. In diesem reizenden Heim hausten, zur Zeit wenigstens, keine andern menschlichen Wesen als ein altes Weib und ein Mädchen von zehn bis zwölf Jahren, beide rußgeschwärzt und in arg zerlumpten Kleidern.

Das ist also alles, dachte ich bei mir, was von der Bevölkerung des alten Munda Baetica übrig ist! Cäsar und Pompejus, wenn Ihr heute zur Welt zurückkämt, Ihr wäret arg verwundert!

Wie die Alte meinen Gefährten gewahrte, entglitt ihr ein Schrei der Überraschung: Ah, der Herr Don José.

Don José runzelte die Stirn und hob gebieterisch die Rechte, worauf das Weib sofort verstummte. Ich wandte mich zu meinem Führer und gab ihm unauffällig zu verstehen, daß er mich über den Mann, mit dem ich die Nacht zubringen wollte, nicht weiter zu belehren brauche. Das Abendessen war besser als erwartet. Auf einem kleinen, kaum einen Fuß hohen Tisch reichte man uns: erst ein Frikassee von altem Hahn in stark gepfeffertem Reis, dann Paprikaschoten in Öl, zuletzt Gaspacho, eine Art Salat, wiederum nicht zu knapp mit spanischem Pfeffer versehen. Drei so gewürzte

Gänge hießen uns den Montillawein, der sich als köstlich erwies, nicht verachten. Nach dem Mahle bemerkte ich an der Wand eine Mandoline (überall in Spanien hängen welche) und fragte die Kleine, ob sie spielen könne.

Nein, antwortete sie. Aber Don José kann es so schön!

Seien Sie so gut, sagte ich zu ihm, und singen Sie mir was vor! Ich habe Eure Volksmusik leidenschaftlich gern.

Einem Herrn, der so nett ist und mir so herrliche Zigarren schenkt, dem kann ich nichts abschlagen, rief Don José gutgelaunt; er ließ sich die Mandoline geben und sang, indem er sich selber begleitete. Seine Stimme war rauh, doch angenehm; die Weise schwermütig und seltsam. Vom Text verstand ich kein Wort.

Wenn ich mich nicht irre, sagte ich zu ihm: Ist das kein spanisches Lied, das Sie eben gesungen haben. Es erinnert mich an die Zorzigos, die ich in den Provinzen gehört habe. Die Worte müssen baskisch sein.

Jawohl, erwiderte Don José in traurigem Tone. Er legte die Mandoline hin, verschränkte die Arme und starrte fortan, merkwürdig trübselig, in das verlöschende Feuer. Der Schein einer Lampe, die auf dem Tischchen stand, leuchtete ihm ins Gesicht, das, edel und wild zugleich, mich an Miltons Satan denken ließ. Wie er träumte mein Gefährte wohl von seiner Heimat, von der ihn eine Verfehlung fernhielt. Ich versuchte die Unterhal-

tung wieder in Fluß zu bringen, aber er gab keine Antworten, in seine düsteren Gedanken versunken. Längst war die Alte schlafen gegangen, in einer Ecke der großen Stube, hinter einer löcherigen Decke, die an einer Leine hing; die Kleine war ihr in dies dem schönen Geschlecht vorbehaltene Versteck gefolgt. Da erhob sich mein Führer und lud mich ein, mit in den Stall zu gehen; doch bei diesem Wort fuhr Don José wie ein im Schlafe Gestörter auf und fragte ihn barsch, wohin er wolle.
In den Stall, wiederholte der Mann.
Was gibts dort? Die Pferde haben gefressen. Lege dich hier hin! Der Herr wird es erlauben.
Ich fürchte, das Pferd des Herrn ist krank. Möchte der Herr doch nachsehen. Vielleicht weiß er, was da zu tun ist.
Offenbar wollte mich Antonio allein sprechen; aber ich wollte Don José keinen Anlaß zum Argwohn geben, und in unsrer Lage dünkte es mich das beste zu sein, das größte Zutrauen zur Schau zu tragen. Also antwortete ich Antonio, ich verstände von Pferden nichts und hätte Verlangen nach Schlaf. Don José begleitete ihn in den Stall und kam bald allein zurück. Dem Pferde fehle nichts, sagte er, aber mein Führer halte es für ein so kostbares Tier, daß er es mit seiner Jacke abreibe, um es in Schweiß zu bringen, und die Nacht bei dieser angenehmen Beschäftigung zu verbringen gedenke. Mittlerweile hatte ich mich auf den Woilachen hingestreckt, sorgfältig in meinen Mantel gewickelt, um sie nicht zu berühren. Don

José bat mich um Entschuldigung, daß er so frei sei, sich neben mich hinzulegen. Er nahm seine Ruhestätte an der Tür, nicht ohne erst seine Pistole mit einem neuen Zündhütchen zu versehen, die er dann behutsam unter den Mantelsack legte, der ihm als Kopfkissen diente. Wir wünschten einander gute Nacht, und fünf Minuten später lagen wir beide in tiefem Schlafe.

Ich hatte mich für müde genug gehalten, um auf solchem Lager schlafen zu können, aber nach Verlauf einer Stunde riß mich ein sehr unangenehmes Jucken aus dem ersten Schlummer. Sowie ich die Ursache festgestellt hatte, stand ich auf, überzeugt, daß ich den Rest der Nacht besser unter freiem Himmel als unter so ungastlichem Dache verbrächte. Ich schlich mich auf den Zehen zur Türe, machte einen großen Schritt über Don José, der den Schlaf des Gerechten schlief, und gelangte aus dem Hause, ohne ihn zu wecken. Nahe der Tür stand eine breite Holzbank; auf ihr legte ich mich lang und machte es mir nach Möglichkeit bequem. Eben wollte ich die Augen zum zweiten Male schließen, da kam es mir vor, als zögen die Schatten eines Mannes und eines Pferdes, eines hinter dem andern, lautlos an mir vorüber. Ich richtete mich auf und glaubte Antonio zu erkennen. Verwundert, ihn zu solcher Stunde außerhalb des Stalles zu sehen, erhob ich mich und ging auf ihn zu. Da er mich, eher als ich ihn, erkannt hatte, war er stehngeblieben.

Wo ist er? fragte er mich im Flüstertone.

In der Venta. Er schläft. Wanzen stören ihn nicht. Warum habt Ihr das Pferd herausgebracht? Jetzt erst bemerkte ich, daß Antonio die Hufe des Tieres sorgfältig mit Stücken einer alten Decke umwickelt hatte, um beim Ausrücken aus dem Schuppen keinen Lärm zu verursachen.
Um Gottes willen, raunte mir Antonio zu, reden Sie leiser! Wissen Sie denn nicht, wer der Mann da drinnen ist? José Navarro, Andalusiens größter Bandit! Den ganzen Tag über habe ich Ihnen Zeichen gegeben, die Sie nicht haben verstehen wollen.
Bandit oder nicht, was geht mich das an? erwiderte ich. Uns hat er nicht beraubt, und ich möchte wetten, er denkt nicht daran.
Kann sein! Aber auf seine Ergreifung sind zweihundert Dukaten gesetzt. Anderthalbe Stunde von hier weiß ich einen Ulanenposten. Ehe es Tag wird, bringe ich ein paar handfeste Kerle her. Ich hätte sein Pferd genommen, aber es ist gar bösartig, und es läßt niemanden außer Navarro an sich heran.
Der Teufel soll Euch holen! sagte ich zu ihm. Was hat Euch der arme Mensch zuleide getan, daß Ihr ihn anzeigen wollt? Übrigens seid Ihr sicher, daß es der Brigant auch wirklich ist, von dem Ihr redet?
Vollkommen sicher! Vorhin ist er mir in den Stall nachgelaufen und hat zu mir gesagt: Du kennst mich wohl? Aber wenn du diesem guten Manne verrätst, wer ich bin, jage ich dir eine Kugel durch den Kopf... Bleiben Sie, Herr, bleiben Sie bei

ihm! Sie haben nichts zu fürchten. Solange er Sie hier weiß, wird er keinen Verdacht schöpfen.
Während wir miteinander redeten, hatten wir uns bereits weit genug von der Herberge entfernt, so daß man dort den Klang der Eisen nicht mehr vernehmen konnte. Im Nu hatte Antonio die Lappen von den Hufen des Pferdes abgestreift und schickte sich an aufzusitzen. Ich suchte ihn durch Bitten und Drohungen abzuhalten.
Herr, ich bin ein armer Schlucker, entgegnete er mir. Zweihundert Dukaten kann ich nicht fahren lassen, zumal wo es gilt, das Land von so einem Unhold zu befreien. Seid auf der Hut! Wenn der Navarro erwacht, wird er nach seinem Pistol greifen — und dann behüt Euch Gott! Ich bin dann weit weg und kehre nicht um. Helft Euch selber, so gut es geht!
Der Schelm war im Sattel. Er gab seinem Gaul die Zinken, und im Dunkeln war er mir alsbald entschwunden.
Ich war empört über meinen Führer und ziemlich aufgeregt. Nach einem Augenblick Überlegung war mein Entschluß gefaßt; ich ging zurück zur Venta. Don José schlief noch; gewiß erholte er sich von mehrtägigem Abenteuer voller Anstrengung und ohne Nachtruhe. Ich mußte ihn ordentlich schütteln, ehe ich ihn wach bekam. Nie vergesse ich seinen wilden Blick und die Bewegung, die er nach seiner Pistole machte, die ich aus Vorsicht seinem Lager etwas entrückt hatte.
Verzeihen Sie mir, sagte ich zu ihm, daß ich Sie

wecke, aber ich habe eine dumme Frage an Sie zu richten? Wäre es Ihnen angenehm, wenn eine Ulanenpatrouille angerückt käme?
Er sprang auf und fragte mich mit fürchterlicher Stimme: Wer hat Ihnen das gesagt?
Es hat wenig auf sich, woher die Warnung stammt, wenn sie nur von Nutzen ist.
Ihr Führer hat mich verraten, aber er soll es mir büßen! Wo ist er?
Ich weiß nicht... Im Stalle, denke ich... Doch jemand hat mir gesagt...
Wer hat Ihnen was gesagt? Die Alte unmöglich.
Einer, den ich nicht weiter kenne... Kurz und gut, haben Sie Anlaß, nicht auf die Soldaten zu warten, ja oder nein? Wenn Sie welchen haben, dann verlieren Sie keine Zeit! Wenn nicht, dann gute Nacht! Ich bitte um Entschuldigung, Sie in Ihrem Schlafe gestört zu haben.
Aha, Ihr Führer, Ihr Führer! Ich habe ihm von Anfang an mißtraut. Genug! Sein Maß ist voll. Leben Sie wohl, Herr! Der liebe Gott möge Ihnen den Dienst vergelten, den ich Ihnen schuldig bleibe! Ich bin keineswegs so schlecht wie Sie glauben... Noch lebt etwas in mir, wert des Mitgefühls eines rechtschaffenen Mannes... Leben Sie wohl, Herr! Das eine nur tut mir leid, daß ich mich Ihnen nicht erkenntlich zeigen kann.
Don José, erwiderte ich, als Gegenleistung für den Dienst, den ich Ihnen erweise, müssen Sie mir versprechen, auf niemanden Verdacht zu werfen und auf jedwede Rache zu verzichten. Nehmen

Sie! Hier sind Zigarren auf Ihren Weg. Glückliche Reise!

Ich reichte ihm die Hand. Er drückte sie mir, ohne etwas zu erwidern, nahm Pistole und Mantelsack, und nachdem er der Alten ein paar Worte gesagt hatte, in einer Mundart, die ich nicht verstand, lief er zum Schuppen. Alsbald verhallte der Galopp seines Pferdes in der Ferne.

Ich legte mich wieder auf meine Bank, vermochte aber nicht einzuschlafen. Ich fragte mich, ob ich recht getan hatte, einen Räuber, vielleicht gar einen Mörder, vor dem Galgen zu retten, und zwar lediglich, weil ich mit ihm Hühnerfrikassee à la Valencienne geschmaust hatte. War ich nicht der Verräter meines Führers, der auf Seite der Gesetze stand? Hatte ich ihn nicht der Rache eines Verbrechers preisgegeben? Ja, aber die Pflicht der Gastfreundschaft? Atavismus! Wir sind keine Urmenschen mehr. Ich werde alle Schandtaten, die dieser Bandit noch begeht, auf dem Gewissen haben... Hinwiederum ist die innere Stimme, die allen Gründen der Vernunft widerspricht, wirklich bloß Atavismus?

Meiner moralischen Grübelei setzte die Reiterpatrouille ein Ende, die ich anreiten sah im Verein mit Antonio, der sich klug und weise im Hintertreffen hielt. Ich ging ihnen entgegen und meldete unbefragt, daß der Bandit bereits vor mehr denn zwei Stunden Reißaus genommen habe. Vom Wachtmeister verhört, sagte die Alte aus, daß sie den Navarro kenne; da sie aber einsam wohne, habe sie nie gewagt, ihn anzuzeigen, um ihr Leben nicht aufs Spiel zu setzen. Sie fügte hinzu, es sei seine Gewohnheit, wenn er bei ihr einkehre, immer mitten in der Nacht wieder fortzureiten. Was mich anbelangt, so mußte ich etliche Wegstunden vom Orte des Abenteuers meinen Paß vorlegen und vor einem Alkaden (Richter) eine Erklärung unterzeichnen. Erst dann gestattete man mir, meine Altertumsforschungen wieder aufzunehmen. Antonio grollte mir, weil er mich im Verdacht hatte, daß ich es gewesen, der es vereitelt hatte, die zweihundert Dukaten zu verdienen. Gleichwohl schieden wir in Kordova als gute Freunde. Ich gab ihm ein Trinkgeld, so hoch, wie es der Stand meiner Finanzen mir erlaubte.

In Kordova verblieb ich einige Tage. Man hatte mich auf eine Handschrift in der Bücherei der Dominikaner aufmerksam gemacht, in der merkwürdige Nachrichten über das alte Munda zu finden wären. Von den frommen Vätern bestens aufgenommen, weilte ich tagsüber in ihrem Kloster, und abends schlenderte ich durch die Stadt. Gegen Sonnenuntergang wimmelt es auf dem Staden, der das rechte Ufer des Guadalquivir eindämmt, von Müßiggängern. Man hat zwar die Düfte einer Lohgerberei, die den uralten Ruhm des Landes in der Lederbereitung in Ehren hält, einzuatmen; dafür genießt man ein nicht unübles Schauspiel. Einige Minuten vor dem Abendläuten versammeln sich eine Menge Frauen am Flusse, unterhalb der ziemlich hohen Kaimauern. Kein Mann darf es wagen, sich in diese Schar zu mischen. Sobald das Angelus ertönt, gilt die Nacht für angebrochen. Beim letzten Glockenschlag ziehen sich alle Frauen aus und gehen ins Wasser. Nun erhebt sich Geschrei und Gelächter, ein Höllenlärm. Vom Staden herab schauen die Männer den Badenden zu, reißen die Augen auf, sehen aber nicht viel. Immerhin erregen die unbestimmbaren weißen Gestalten, die sich vom Dunkelblau der Flut abheben, phantastische Gemüter; und bei einiger Einbildungskraft ist es nicht schwer, sich Diana mit ihren Nymphen im Bade vorzustellen, ohne daß man das Schicksal des Aktäon zu befürchten hat. Man hat mir erzählt, ein paar nichtsnutzige Schlingel hätten eines schönen Tages zusammengesteuert und den Glöckner der Kathedrale bestochen, so daß er das Angelus zwanzig Minuten vor der richtigen Zeit läutete. Obgleich noch hellichter Tag war, zögerten die Nymphen des Guadalquivir nicht, dem Angelus mehr denn der Sonne zu trauen, und machten sich in aller Seelenruhe zum Baden zurecht, wozu sie nicht viel anhaben. Ich bin nicht dabei gewesen. Zu meiner Zeit war der Glöckner unbestechlich und die Dämmerung so stark, daß nur Katzenaugen das älteste Obstweib vom hübschesten Nähmädel hätten unterscheiden können.

Eines Abends, zur Zeit, da man gar nichts mehr sieht, lehnte ich rauchend am Geländer, als ein Frauenzimmer die Treppe, vom Flusse her, heraufkam und sich neben mir niederließ. Sie hatte Jasminblüten im Haar, deren nächtlicher Duft so berauschend ist. Sie war schlicht, fast ärmlich gekleidet und ganz schwarz wie die meisten kleinen Mädchen von Sevilla. (Die Damen gehen nur vormittags in Schwarz; am Abend kleiden sie sich à la francesa.) Wie sie sich gesetzt hatte, ließ die dem Bad Entstiegene die Mantilla, die ihr Haupt bedeckte, zur Schulter gleiten, und im dunklen Sternenlicht sah ich, daß sie klein, jung und wohlgestaltet war und sehr große Augen hatte. Sofort warf ich meine Zigarre weg. Dieser Betätigung echt französischer Höflichkeit ließ sie sogleich die Bemerkung folgen, sie liebe Tabakgeruch und würde selber rauchen, wenn sie leichte Papelitos zur Hand hätte. Glücklicherweise hatte ich welche bei mir und beeilte mich, sie ihr anzubieten. Sie geruhte eine zu nehmen und setzte sie mit dem Ende eines Zündfadens, den uns ein Kind für einen Sou reichte, in Brand. Während sich unser Rauch vermählte, plauderten wir, die schöne Nymphe und ich, so lange, bis wir schließlich fast allein noch am Staden waren. Ohne mich für aufdringlich zu halten, lud ich sie zu Eis in einer Neveria ein. Einen Augenblick zögerte sie bescheiden; dann ging sie darauf ein, fragte nur zuvor, wie spät es wäre. Ich ließ meine Repetieruhr schlagen, sichtlich zu ihrem Erstaunen.

Was die Herren Fremden für schöne Erfindungen haben! sagte sie. Aus welchem Lande sind Sie? Gewiß Engländer? (In Spanien gilt, ganz wie im Orient,

jeder Reisende, wenn er nicht Kattun- oder Seidenproben bei sich hat, für einen Inglesito.)
Ich bin Franzose und Ihr gehorsamster Diener. Und Sie, Mademoiselle oder Madame, Sie sind gewiß aus Kordova?
Nein.
Mindestens Andalusierin, was ich aus Ihrer wohlklingenden Sprache schließen möchte.
Wenn Sie ein so gutes Ohr haben, müßten Sie eigentlich merken, was ich bin.
Ich glaube, Sie sind aus dem Wunderlande, das gleich nach dem Paradiese kommt. (Diese bildliche Bezeichnung für Andalusien hatte ich von meinem Freunde Francisco Sevilla, einem berühmten Pikador.)
Ach was. Das Paradies... Die Leute von hier sagen, das wäre nicht für uns geschaffen.
Also sind Sie Maurin oder... (Ich stockte, da ich nicht sagen wollte: Jüdin.)
Sagen Sie es nur! Sie sehen, daß ich Zigeunerin bin. Soll ich Ihnen wahrsagen? Haben Sie von der Carmencita gehört? Die bin ich.
Ich war damals – es sind fünfzehn Jahre her – ein derartiger Nichtsglaubender, daß ich nicht den leisesten Schauder verspürte, als ich mich vor einer wahrhaftigen Hexe sah. Schön! dachte ich bei mir. Vorige Woche habe ich mit einem Straßenräuber mein Abendbrot verzehrt; gehen wir heute mit einer Magd des Teufels Eis essen! Auf der Reise darf man sich nichts entgehen lassen. Ich hatte einen weiteren Grund, diese Bekanntschaft zu pfle-

gen. Als angehender Student habe ich, wie ich zu meiner Schande gestehe, einige Zeit damit vergeudet, mich in die Geheimwissenschaften zu vertiefen; ja, ich habe mehr als einmal sogar versucht, den Geist der Finsternis zu beschwören. Längst geheilt von der Leidenschaft für derlei Forschungen, war mir gleichwohl eine gewisse Wißbegier verblieben, die dem Aberglauben jedweder Art nachging, und es war mir ein Hochgenuß, erfahren zu sollen, in welchem Grade die Zauberkunst bei den Zigeunern im Schwang ist.

Lebhaft plaudernd waren wir in die Neveria eingetreten und hatten an einem Tischchen Platz genommen, das von einer Wachskerze in einer Glaskugel beleuchtet wurde. Jetzt hatte ich alle Muße, meine Gitana zu mustern, während etliche ehrsame Leute bei ihrem Eis sich baß verwunderten, mich in so erlesener Gesellschaft zu sehen.

Ob Fräulein Carmen reiner Rasse war, bezweifle ich stark; in jedem Falle war sie unendlich hübscher als alle Zigeunerinnen, denen ich je begegnet bin. Eine Frau ist schön, sagen die Spanier, wenn sie dreißig Merkmale an sich vereint oder, anders ausgedrückt, wenn man sie mit zehn Eigenschaftswörtern bedenken kann, von denen sich jedes auf je drei Dinge an ihr anwenden läßt. Zum Beispiel soll sie dreierlei schwarz haben: die Augen, die Wimpern, die Brauen; dreierlei fein: Finger, Lippen, Haar, und so weiter. Näheres bei Brantôme. Meine Zigeunerin hatte keinen Anspruch auf so viele Vollkommenheiten. Ihre Haut, übri-

gens völlig gleichmäßig getönt, war nahezu kupferfarbig; ihre Augen waren schräg, doch wunderbar geschnitten; ihre Lippen schön gezeichnet, aber etwas zu voll; zwischen ihnen leuchteten Zähne, weißer als geschälte Mandeln. Ihr vielleicht ein wenig zu starkes Haar war schwarz mit dem bläulichen Schimmer des Rabengefieders. Um nicht ermüdend weitschweifig zu werden, sei kurz gesagt, daß jedem Mangel an ihr ein Reiz gesellt war, der durch den Kontrast um so stärker wirkte. Sie war von seltsamer wilder Schönheit. Ihr Gesicht befremdete einen zuerst, aber man konnte es nicht vergessen. Insbesondere hatten ihre Augen einen wollüstigen und zugleich bösen Ausdruck, wie ich ihn im Blicke keines andern Menschen wiedergefunden habe. Zigeuneraugen — Wolfsaugen, sagt ein spanisches Sprichwort, das von guter Beobachtung zeugt. Wer keine Zeit hat, in den Zoo zu gehen, um den Wolfsblick zu ergründen, mag eine Katze beobachten, die einem Sperling auflauert.
Selbstverständlich wäre es lächerlich gewesen, wenn ich mir in einem Kaffeehause hätte wahrsagen lassen. So bat ich denn die hübsche Hexe, sie in ihre Wohnung begleiten zu dürfen. Ohne Bedenken willigte sie ein; nur wünschte sie wiederum die Zeit zu wissen und ersuchte mich, meine Uhr abermals schlagen zu lassen.
Ist sie echt golden? fragte sie, während sie sie mit übermäßiger Aufmerksamkeit betrachtete.
Als wir uns auf den Weg machten, war es stockdunkle Nacht. Die meisten Läden waren geschlos-

sen und die Straßen vereinsamt. Wir gingen über die Guadalquivirbrücke und machten in der äußersten Vorstadt vor einem Hause halt, das nichts weniger wie ein Palais aussah. Ein Kind öffnete uns. Die Zigeunerin sagte ihm einige Worte in mir unbekannter Sprache; es war ein Zigeunerdialekt, wie ich heute weiß. Alsbald verschwand das Kind; wir blieben allein in einer ziemlich geräumigen Stube, in der ein kleiner Tisch, zwei Schemel und ein Koffer standen, nicht zu vergessen einen Krug Wasser, einen Haufen Orangen und ein Bündel Zwiebeln.
Sowie wir unter uns waren, holte die Zigeunerin aus ihrem Koffer Karten, die sichtlich viel benutzt waren, einen Magnet, ein getrocknetes Chamäleon und etliche andre zu ihrer Kunst nötige Dinge. Dann mußte ich mit meiner linken Hand mit einem Geldstück ein Kreuz schlagen, und der Hokuspokus begann. Ihre Weissagungen zu wiederholen, hätte keinen Zweck; was aber ihr ganzes Sichgehaben dabei anbelangt, so war sie offenbar keine Anfängerin in ihrer Zunft.
Leider wurden wir bald gestört. Die Tür ward plötzlich aufgerissen, und ein Mann, bis an die Augen in einen braunen Mantel gewickelt, betrat das Zimmer, wobei er die Zigeunerin nicht gerade freundlich anfuhr. Was er sagte, verstand ich nicht, aber der Ton seiner Stimme verriet sehr schlechte Laune. Die Gitana zeigte bei seinem Anblicke weder Überraschung noch Zorn, aber sie ging ihm rasch entgegen und redete mit ungemeiner Zun-

genfertigkeit auf ihn ein, in denselben geheimnisvollen Lauten wie schon einmal in meiner Gegenwart. Das Wort payllo, das öfters wiederkehrte, war das einzige, das ich verstand. Ich wußte, daß die Zigeuner damit jeden ihrer Rasse fremden Menschen bezeichnen. In der Annahme, daß es sich um mich handelte, machte ich mich auf eine heikle Auseinandersetzung gefaßt. Schon hatte ich die Hand am Bein eines der Schemel und erspähte insgeheim den geeigneten Moment, ihn dem Ankömmling an den Kopf zu werfen. Der stieß die Zigeunerin zur Seite und trat auf mich zu; da prallte er zurück.

Herr, Sie! rief er.

Ich schaute mir ihn meinerseits an und erkannte meinen Freund Don José. Im Augenblick reute es mich fast, daß ich ihn vor dem Galgen gerettet hatte.

Ah, Sie Wackerer! sagte ich und lachte, soweit mir dies glückte. Sie haben das Fräulein mitten in der Voraussage merkwürdiger Dinge gestört.

Immer wieder. Das muß aufhören! murmelte er und warf ihr einen wütenden Blick zu.

Dessenungeachtet redete die Zigeunerin weiter in ihrer Sprache auf ihn ein. Sie ereiferte sich mehr und mehr. Ihre Augen, die blutrot wurden, nahmen einen schrecklichen Ausdruck an; ihre Züge verzerrten sich; sie stampfte mit dem Fuße. Offenbar bot sie alles auf, ihn zu etwas zu nötigen, wogegen er sich sträubte. Was das war, ward mir ziemlich klar, als ich sah, wie sie mit ihrer niedlichen Hand unter ihrem Kinn blitzschnell hin und her fuhr; vermutlich sollte jemandem die Gurgel abgeschnitten werden, und ich konnte mich des Verdachts nicht erwehren, daß meine Gurgel in Frage stand.

Diesem Sturzbach von Sätzen warf Don José nur zwei, drei Worte in trocknem Ton entgegen. Darauf schleuderte sie ihm einen Blick tiefer Verachtung zu, kauerte mit gekreuzten Beinen in der Ecke des Gemaches nieder, nahm sich eine Orange, schälte sie und begann sie zu verzehren.

Don José ergriff mich am Arm, öffnete die Tür und führte mich zur Gasse. Etwa zweihundert Schritte legten wir völlig schweigsam zurück; sodann wies er mir mit der Hand den Weg und sagte: Immer geradeaus! So erreichen Sie die Brücke. Damit wandte er mir den Rücken und machte sich eilends davon.

Wie ein Dummer und recht ärgerlich kam ich in meinen Gasthof zurück. Obendrein bemerkte ich, wie ich mich auskleidete, daß mir meine Taschenuhr fehlte. Verschiedene Erwägungen hielten mich ab, sie mir anderntags persönlich zu holen oder die Polizei auf die Suche danach zu schicken. Ich beendete meine Arbeit an der Handschrift der Dominikaner und reiste weiter nach Sevilla. Nachdem ich mehrere Monate Andalusien durchstreift hatte, machte ich mich auf den Rückweg nach Madrid. Wieder kam ich durch Kordova. Ich hegte nicht die Absicht, mich lange dort aufzuhalten; denn ich war auf diese schöne Stadt samt den

Nymphen des Guadalquivir nicht mehr gut zu sprechen. Doch ich hatte ein paar Freunde aufzusuchen und einige Besorgungen zu machen, was mich bestimmte, mindestens drei oder vier Tage in der alten Hauptstadt der Maurenfürsten zu verweilen.

Bei meiner Wiederkunft im Kloster der Dominikaner empfing mich einer der Patres, der immer regen Anteil an meinen Forschungen über die Lage von Munda gezeigt hatte, mit offenen Armen und rief mir zu: Gott Lob und Dank! Seien Sie willkommen, teurer Freund! Wir haben Sie alle für tot gehalten, und ich, der ich mit Ihnen rede, ich habe manch Paternoster und Ave Maria für das Heil Ihrer Seele gebetet. Habs gern getan. Sie sind also nicht ermordet worden! Denn daß man Sie bestohlen hat, wissen wir.

Wieso! fragte ich ein wenig verblüfft.

Nun, Sie wissen doch, Ihre schöne Repetieruhr, die Sie immer in der Bücherei abends haben schlagen lassen, wenn wir Ihnen sagten, es wäre Zeit, in den Chor zu gehen, diese Uhr ist wieder da. Man wird Sie Ihnen zurückgeben....

Das heißt, ich hatte sie verlegt..., unterbrach ich ihn etwas unsicher.

Der Spitzbube sitzt hinter Schloß und Riegel, und da er als Mann bekannt ist, der einen Christenmenschen um ein paar Groschen niederknallt, waren wir halbtot vor Angst, er könnte Sie ermordet haben. Ich werde mit Ihnen zum Korregidor gehen und uns Ihre schöne Uhr wiederholen. Nun

sagen Sie aber drüben nicht, es gäbe keine gute Polizei in Spanien!
Ich gestehe Ihnen, sagte ich, ich will lieber meine Uhr einbüßen denn vor Gericht gegen einen armen Teufel zeugen und ihn an den Galgen bringen... zumal da.... da....
Machen Sie sich darüber keinerlei Sorge! Sein Kerbholz ist sowieso voll, und zweimal hängen lassen kann man ihn nicht. Wenn ich sage: hängen, so ist das nicht ganz richtig. Es ist ein Hidalgo, Ihr Räuber. Folglich wird er erdrosselt, übermorgen, ohne Gnade. Ein Diebstahl mehr oder weniger ändert daran nichts. Wollte Gott, er hätte bloß gestohlen! Aber er hat mehrere Morde begangen, einen grusliger als den andern.
Wie heißt er?
Er ist allbekannt unter dem Namen José Navarro, aber er hat noch einen andern, baskischen Namen, den weder Sie noch ich richtig aussprechen können. Übrigens, den Mann muß man sich anschaun, und da Sie den Eigentümlichkeiten des Landes so eifrig nachgehen, dürfen Sie nicht versäumen, zu sehen, wie solche Gauner in Spanien diese Welt verlassen. Pater Martinez wird Sie zu ihm führen.
Mein Dominikaner ließ nicht locker, daß ich mir die Vorbereitungen zu dem hochnotpeinlichen Strafgericht anschauen müsse, und so fügte ich mich. Ich besuchte den Gefangenen, versehen mit einem Bündel Zigarren, die meine Aufdringlichkeit entschuldigen sollten.
Man brachte mich zu Don José, wie er gerade beim

Mittagsbrot saß. Er nickte mir kaltblütig zu und dankte mir höflich für die ihm mitgebrachte Gabe. Er zählte die Zigarren ab, die ich ihm im Bündel in die Hand gedrückt hatte, und nahm sich davon eine bestimmte Anzahl. Den Rest reichte er mir zurück, mit der Bemerkung, mehr brauche er nicht.
Ich fragte ihn, ob ich ihm mit etwas Geld oder dem Kredit meiner hiesigen Freunde irgendwelche Erleichterung seines Loses verschaffen könne. Zuerst zuckte er die Achseln und lächelte trübselig. Dann besann er sich anders und bat mich, für das Heil seiner Seele eine Messe lesen zu lassen.
Würden Sie, fügte er zaghaft hinzu, eine zweite lesen lassen, für jemanden, der Ihnen etwas angetan?
Gewiß, erwiderte ich ihm, aber ich wüßte nicht, wer mir hierzulande etwas angetan hätte.
Er griff nach meiner Hand und drückte sie mit ernster Miene. Nach kurzem Schweigen sagte er: Darf ich es wagen, Sie um noch einen Dienst zu bitten? Wenn Sie in Ihre Heimat zurückkehren, kommen Sie vielleicht durch Pamplona; zum mindesten berühren Sie Vitoria, das nicht allzuweit davon entfernt ist.
Ja, antwortete ich, ich komme bestimmt durch Vitoria, aber es ist auch nicht unmöglich, daß ich nach Pamplona abbiege. Euch zu Gefallen werde ich den Umweg gern machen.
Das ist schön! Wenn Sie Pamplona aufsuchen, werden Sie so manches Merkwürdige sehen.... Es ist eine herrliche Stadt.... Ich gebe Ihnen diese

Medaille (er wies auf eine kleine silberne Henkelmünze, die er am Halse trug). Wickeln Sie sie in Papier.... (Er hielt einen Augenblick inne, um seiner Rührung Herr zu werden) und bringen Sie sie... oder schicken Sie sie durch einen Boten... einer braven Frau, deren Wohnung ich Ihnen noch gebe. Sagen Sie, ich wäre gestorben, aber sagen Sie nicht, wie.
Ich versprach seinen Auftrag auszuführen. Am folgenden Morgen besuchte ich ihn nochmals und verbrachte einen Teil des Tages bei ihm. Da habe ich von ihm die folgenden traurigen Erlebnisse erzählt bekommen.

Ich bin in Elizondo im Tale von Baztan geboren. Ich heiße Don José Lizarrabengoa, und Sie, Herr, kennen Spanien hinreichend, so daß Ihnen schon mein Name sagt, ich bin Baske und aus altem Christenhause. Wenn ich mich Don nenne, so geschieht es, weil ich das Recht dazu habe, und wenn wir in Elizondo wären, zeigte ich Ihnen meinen Stammbaum auf Pergament. Man wollte mich zum Geistlichen machen und schickte mich auf die Hochschule, aber ich kam nicht recht vorwärts. Ich liebte das Ballspiel zu sehr, und das war mein Verderben. Wenn wir Navarraer Ball spielen, vergessen wir alles. Eines Tages hatte ich gewonnen; da fing ein Bursche aus Avala Streit mit mir an. Wir nahmen unsere Maquilas (eisenbeschlagene Stöcke), und ich war wieder Sieger, mußte aber in der Folge die Gegend verlassen. Dragoner begegneten mir, und ich trat in das Reiterregiment von Almanza ein. Wir Kinder der Berge erlernen das Soldatenhandwerk rasch. Bald war ich Unteroffizier, und ich hatte Aussicht, Vizewachtmeister zu werden, da kam ich zu meinem Unglück zum Wachtkommando an der Tabakfabrik von Sevilla.

Wenn Sie in Sevilla gewesen sind, werden Sie dies große Gebäude gesehen haben, außerhalb der Wälle, am Guadalquivir. Noch ist's mir, als sähe ich das Tor, daneben die Wache. Ein Spanier auf Wache spielt Karten oder schläft. Ich als echter Navarraer suchte mich stets zu beschäftigen. Ich machte mir eine Messingkette, um meine Putznadel daran zu tragen. Auf einmal sagten die Kameraden: Es läutet; die Mädels gehen wieder an die Arbeit. Sie wissen, Herr, in der Manufaktur sind vier- bis fünfhundert Frauen angestellt. Sie wickeln die Zigarren in einem großen Saale, zu dem Männer ohne behördlichen Erlaubnisschein keinen Zutritt haben, weil die Weiber, zumal die jungen, es sich bequem machen, wenn es heiß ist. Zur Stunde, da sich die Arbeiterinnen nach ihrem Mittagsmahle wieder einstellen, kommen viele junge Leute, um sie vorübergehn zu sehen und mit ihnen anzubändeln. Unter diesen Dämchen gibt es wenige, die eine seidne Mantilla verschmähen, und wer sich eine aufgabeln will, braucht bloß zuzugreifen. Während die andern gafften, blieb ich auf meiner Bank am Tore. Ich war damals jung, hatte Heimweh und meinte, ohne blaue Röcke und langhängende Zöpfe gäbe es keine hübschen Mädels. Übrigens hatte ich Angst vor den Andalusierinnen; ich hatte mich noch nicht gewöhnt an ihre Art, immer zu spötteln und nie ein vernünftiges Wort zu reden. So hockte ich über meiner Kette, als ich die Zivilisten sagen hörte: Da, die kleine Zigeunerin! Ich blickte auf und sah sie. Es war an einem Freitag; ich werde ihn nie vergessen. Ich sah die Carmen, die Sie kennen, bei der ich Ihnen vor ein paar Monaten begegnet bin.

Sie hatte einen sehr kurzen roten Rock an, der weißseidene Strümpfe mit mehr denn einem Loch sehen ließ, und niedliche Schuhe von rotem Leder, mit feuerroten Bändern zugebunden. Die Mantilla hatte sie zurückgeschlagen, um ihre Schultern und einen großen Akazienstrauß vorn im Hemd zu zeigen. Eine Akazienblüte trug sie überdies im Winkel ihres Mundes. So schritt sie dahin, sich in den Hüften wiegend wie ein Füllen in den Koppeln von Kordova. In meiner Heimat hätte man sich vor einem Frauenzimmer in solchem Aufzuge bekreuzt. In Sevilla richtete jedermann irgendein Kompliment ob ihrer Haltung an sie, und sie antwortete jedem, äugte links und rechts, die Faust in der Hüfte, frech wie eben eine echte Zigeunerin. Zuerst gefiel sie mir nicht, und ich nahm meine Arbeit wieder auf; aber wie die Weiber und Katzen, die nicht kommen, wenn man sie ruft, und kommen, wenn man sie nicht ruft, blieb sie vor mir stehen und redete mich an. Gevatter, sagte sie in andalusischer Mundart, willst du mir die Kette

geben? Ich will den Schlüssel zu meinem Geldschrank dran tragen.
Meine Putznadel kommt dran, erwiderte ich ihr.
Deine Putznadel? rief sie, auflachend. Ah, der Herr Unteroffizier macht Nadelarbeiten!
Alle Herumstehenden lachten, und ich fühlte, daß ich rot ward, fand aber keine Erwiderung.
Komm, Schatz! fuhr sie fort. Mache mir sieben Ellen schwarze Spitze für meine Mantilla, Herzenshäkler du!
Dabei nahm sie die Akazienblüte aus dem Munde und schnellte sie mir mit dem Daumen gerade zwischen die Augen. Es war mir, als hätte mich eine Kugel getroffen. Ich hätte mich am liebsten irgendwohin verkrochen, aber ich stand da, starr wie ein Holzklotz.
Als sie in der Fabrik verschwunden war, erblickte ich die Akazienblüte, die zur Erde mir zwischen die Füße gefallen war. Ich weiß nicht, was mich anwandelte; ich hob sie auf, ohne daß meine Kameraden es bemerkten, und barg sie behutsam unter meinem Rock. Das war meine erste Torheit.
Zwei bis drei Stunden später; ich mußte noch immer daran denken; da kommt ein Pförtner außer Atem und ganz verstört in die Wachtstube gestürzt. Er berichtet uns, im großen Zigarrensaal sei ein Weib ermordet worden; die Wache solle eingreifen. Der Wachthabende befiehlt mir, zwei Mann zu nehmen und drüben nachzusehen. Ich nehme meine beiden Leute und gehe hinauf. Stellen Sie sich vor: beim Eintritt in den Saal sehe ich zu-

nächst dreihundert Frauenzimmer im Hemd oder mit kaum mehr; alle schreien, heulen, fuchteln mit den Armen herum und machen einen Heidenlärm, daß man den lieben Gott nicht hätte donnern hören. An der einen Wand lag eine da, alle viere gen Himmel, voller Blut, im Gesicht ein Kreuz, das von zwei frischen Messerstichen herrührte. Vor der Verwundeten, um die sich ein paar von den Besseren dieser Rasselbande bemühten, stand Carmen, festgehalten von einem halben Dutzend Weibern. Die Gestochene brüllte: Beichten, beichten! Ich sterbe... Carmen sagte kein Wort; sie biß die Zähne aufeinander und rollte mit den Augen wie ein Chamäleon.
Was ist los? fragte ich. Nur mit Mühe bekam ich heraus, was sich zugetragen hatte, denn alle die Arbeiterinnen redeten zugleich auf mich ein. Wahrscheinlich hatte die Verwundete sich gebrüstet, so viel Geld in der Tasche zu haben, daß sie sich auf dem Markte von Triana einen Esel kaufen könne. — Na du, hatte Carmen mit ihrer losen Zunge gesagt, der Besen genügt dir wohl nicht? — Durch diesen Hohn gereizt, vielleicht auch weil sie sich getroffen fühlte, gab die Andre die Antwort, sie verstehe sich nicht auf Besen, da sie nicht die Ehre habe, Zigeunerin oder des Teufels Patenkind zu sein, aber Fräulein Carmencita werde die Bekanntschaft mit dem Esel sehr bald machen, wenn der Herr Korregidor sie zu Spazierritten einlade, zwei Lakaien hinterher, zum Fliegenabwedeln. — Halt's Maul! rief Carmen. Oder ich barbiere dir's mit

meiner Fliegenklatsche! Und ritsch-ratsch hat sie ihr das Gesicht zersäbelt.

Der Fall lag klar. Ich faßte Carmen am Arm und sagte höflich zu ihr: Schwesterlein, mußt mit! Sie warf mir einen Blick zu, der mir verriet, daß sie mich wiedererkannte; und in ergebenem Tone sagte sie: Gehen wir! Wo ist meine Mantilla?

Diese schlang sie um den Kopf derart, daß nur eines ihrer großen Augen zu sehen blieb, und folgte meinen beiden Leuten sanft wie ein Lamm. Als wir in der Wache waren, erklärte der Vizewachtmeister, das sei eine schwere Sache; sie müsse ins Gefängnis. Wiederum war ich es, der sie abführte. Ich nahm sie zwischen zwei Dragoner und marschierte hinterher, wie dies ein Unteroffizier in solchem Falle zu tun hat.

Wir nahmen den Weg zur Stadt. Anfangs war die Zigeunerin stumm; aber in der Schlangengasse (Sie kennen sie; sie verdient ihren Namen wegen der Windungen, die sie macht), in der Schlangengasse ließ sie zuerst ihre Mantilla auf die Schulter fallen, damit ich ihr Hexengesicht sehen sollte, und indem sie sich umwandte, soweit sie konnte, sagte sie zu mir: Herr Offizier, wohin führen Sie mich?

Ins Gefängnis, armes Kind, erwiderte ich ihr möglichst artig, wie ein braver Soldat mit einem Verhafteten sprechen soll, insbesondere mit einem weiblichen.

Weh mir! Was wird mir geschehen? Herr Offizier, haben Sie Erbarmen mit mir! Sie sind so jung, so nett… Etwas leiser fügte sie hinzu: Lassen Sie mich ausreißen! Ich will Ihnen dafür ein Stück Barlachi geben, mit dem Sie alle Frauen in Sie verliebt machen können. (Wissen Sie, Herr, Barlachi, das ist ein Magnetstein, mit dem man, wie die Zigeuner behaupten, eine Menge Zaubereien vollführt, wenn man sich seiner zu bedienen weiß. Schüttet man einem Weibe eine Messerspitze davon zerrieben in ein Glas Weißwein, so sträubt sie sich nicht mehr.) Ich erwiderte ihr ganz ernst: Hier werden keine Narrenspossen getrieben. Es geht ins Gefängnis. So lautet der Befehl, und dagegen gibt es kein Mittel.

Wir Basken haben eine Aussprache, an der man uns leicht von den Spaniern unterscheidet, wohingegen kein Spanier unser: Bai, jaona (Ja, Herr!) richtig herauskriegt. Also erriet Carmen ohne weiteres, daß ich aus den Provinzen bin. Bekanntlich sprechen die Zigeuner, die keinen festen Sitz haben und durch alle Länder wandern, auch alle Sprachen; sie sind in Portugal, in Frankreich, in den Provinzen, in Katalonien, kurz allerorts wie zu Hause. Sogar mit den Mauren und Engländern verständigen sie sich... Carmen konnte leidlich baskisch. Laguna ene bihotsarena! (Freund meines Herzens!) rief sie mir plötzlich zu, seid Ihr nicht Baske? (Herr, unsere Sprache ist so schön, daß wir in der Fremde bei ihrem Klange zittern...)

Und ganz leise fügte der Bandit hinzu: Ich möchte einen Beichtvater aus der Heimat haben ... Er schwieg eine Weile. Dann fuhr er fort:

Ich bin aus Elizondo, erwiderte ich ihr baskisch,

gerührt, weil ich meine Muttersprache gehört hatte. — Und ich bin aus Etchalar, sagte sie. (Das ist vier Stunden weit von meinem Heimatsorte.) Zigeuner haben mich nach Sevilla verschleppt. Ich bin in der Tabakfabrik, um mir das Geld zu erarbeiten zur Rückkehr nach Navarra zu meiner armen Mutter, deren einzige Stütze ich bin, und die nichts besitzt als einen kleinen Barratcea (Garten) mit zwanzig Apfelbäumen zum Weinmachen. Ach, wäre ich in meiner Heimat vor den weißen Bergen! Man hat mich beschimpft, weil ich nicht von hier bin, wo es nichts als Spitzbuben gibt, die mit faulen Orangen handeln. Diese Bettelweiber sind alle gegen mich, weil ich ihnen gesagt habe, die Maulhelden von Sevilla mit ihren Messern wären alle miteinander nicht imstande, einen einzigen Burschen aus unsrer Gegend in seiner blauen Mütze und mit seinem Maquila auszustechen ... Sag an, Landser, kannst du nichts für eine aus deiner Heimat tun?

Sie log; sie hat immer gelogen. Ich weiß nicht, ob dies Weib je in ihrem Leben ein wahres Wort gesprochen hat. Aber als sie so redete, glaubte ich ihr. Dem allem zu widerstehen, dazu war ich nicht stark genug.

Sie sprach schlecht Baskisch; doch ich hielt sie für eine aus Navarra. Ihre Augen und ihre Hautfarbe hätten mir sagen müssen, daß ich eine Zigeunerin vor mir hatte. Ich Narr sah nicht mehr richtig. Ich dachte bei mir, wenn Spanier sich unterstanden hätten, Schlechtes von meiner Heimat zu reden, ich hätte ihnen das Gesicht ebenso zersäbelt wie sie das ihrer Arbeitsgenossin. Kurz, ich war wie ein Bezechter. Ich fing an, dummes Zeug zu schwatzen, und dumme Dinge zu tun, lag dem nicht fern.

Wenn ich Ihnen einen Stoß gäbe, und Sie fielen hin, begann sie wiederum auf baskisch, Landser, die beiden kastilianischen Rekruten sollten mich nicht halten...

Weiß Gott, ich vergaß den Befehl und alles und sagte zu ihr: Landsmännin, meinetwegen, versuchts, und Unsre Liebe Frau vom Berge steh Euch bei!

In diesem Augenblick kamen wir an einem Seitengäßchen vorüber, deren es in Sevilla so viele gibt. Plötzlich dreht sich Carmen um und versetzt mir einen Faustschlag gegen die Brust. Ich falle rücklings um. Sie macht einen Satz über mich weg und rennt davon, indem sie uns ein Paar Beine zeigt... Baskische Beine sind berühmt; ihre konnten sich vor manch andern sehen lassen. Sie waren ebenso flink wie fesch... Ich springe gleich wieder auf, aber ich halte meine Lanze so der Quere, daß ich das Gäßchen sperre und meine beiden Kerle hindere, sofort nachzusausen. Alsdann fange ich selber an zu laufen; die beiden hinter mir. Die Entsprungene einholen? Daran war nicht zu denken. Wir mit unseren Sporen, Säbeln und Lanzen! Rascher als ich es Ihnen erzähle, war die Gefangene entronnen. Überdies förderten alle Weiber des Viertels ihre Flucht; sie machten sich über uns lustig und wiesen uns falsche Wege. Nach reich-

lichem Hin- und Herrennen blieb uns nichts übrig als ohne Einlieferungsschein vom Gefängnisvorstand nach der Wache zurückzukehren.
Um nicht bestraft zu werden, meldeten meine Leute, daß Carmen mit mir Baskisch gesprochen hatte; und wahrlich, es hatte nicht viel Wahrscheinlichkeit, daß der Faustschlag eines niedlichen Mädels mich starken Kerl so leicht zu Boden geworfen haben sollte. Das war nicht ganz klar oder vielmehr allzu klar. Ich ward vom Wachtkommando abgelöst, degradiert und vier Wochen ins Loch gesteckt. Es war meine erste Strafe, seit ich im Dienst war. Lebt wohl, Wachtmeistertressen, die ich bald zu haben mir erhofft hatte!
Die ersten Tage im Arrest war ich tieftraurig. Damals, wie ich Soldat ward, hatte ich es mindestens bis zum Offizier bringen wollen. Longa und Mina, Landsleute von mir, sind auch kommandierende Generale. Chapalangarra, ein Negro wie Mina und wie er später in Euer Land geflüchtet, war Oberst. Mit seinem Bruder, einem armen Teufel gleich mir, habe ich an die hundertmal Ball gespielt. Jetzt sagte ich mir: Die ganze Zeit, die du unbestraft gedient hast, ist verlorne Zeit. Nunmehr stehst du schlecht angeschrieben. Wenn du dich bei deinen Vorgesetzten wieder herauspauken willst, mußt du zehnmal mehr schuften denn ehedem als neubackner Rekrut. Und wofür habe ich mir meine Strafe zugezogen? Wegen einer schuftigen Zigeunerin, die sich über mich lustig gemacht hat und vielleicht in diesem Augen-

blick in irgendeinem Winkel der Stadt stiehlt. Trotzdem brachte ich es nicht fertig, nicht an sie zu denken. Verstehen Sie so etwas? Ihre zerlöcherten seidenen Strümpfe, die ich ordentlich zu sehen bekommen hatte, als sie davonlief, die hatte ich immer vor Augen. Ich schaute durch das Gitter der Arrestzelle auf die Straße, und unter allen den Weibern, die vorbeikamen, erblickte ich nicht eine einzige, die dem Teufelsmädel ebenbürtig gewesen wäre. Und, ob ich wollte oder nicht, ich roch an der Akazienblüte, die sie mir ins Gesicht geworfen hatte und die, obschon vertrocknet, ihren süßen Duft bewahrte ... Wenn es Hexen gibt, dies Weib war eine!

Eines Tages kommt der Profoß zu mir und gibt mir ein Brot aus Alkala. Hier, sagt er, das schickt Ihnen Ihre Base. Ich nahm es, höchlichst erstaunt; denn ich hatte in Sevilla keine Verwandte. Es ist wohl ein Versehen, dachte ich und betrachtete mir das Brot. Es war so appetitlich und roch so gut, daß ich beschloß, es zu verzehren, ohne mir Sorgen zu machen, woher es käme und für wen es bestimmt wäre. Wie ich es anschneide, stößt mein Messer auf etwas Hartes. Ich sehe nach und finde eine kleine Feile aus englischem Stahl, die vor dem Backen in den Teig gesteckt worden war. Außerdem fand ich im Brot ein Zweipiastergoldstück. Nun war es mir klar; Carmen schickte mir das. Für die Menschen ihrer Rasse ist Freiheit alles. Sie stecken eine Stadt in Brand, um einen Tag früher aus dem Kerker zu kommen.

Ich hätte binnen einer Stunde mit der kleinen Feile das stärkste Gitter durchsägen und mit dem Zweipiasterstück beim erstbesten Trödler meine Uniform gegen einen Zivilanzug umtauschen können. Und glauben Sie mir: Einer, der so manchen Adlerhorst auf unsern Felsen ausgenommen hatte, wäre aus einem Fenster, das mindestens dreißig Fuß über der Erde lag, mit Leichtigkeit hinabgeklettert. Aber ich wollte nicht ausbrechen. Noch besaß ich meine Soldatenehre, und desertieren dünkte mich ein großes Verbrechen. Indes, dies Zeichen des Gedenkens rührte mich. Im Arrest denkt man gern daran, daß man draußen einen Freund voll Teilnahme hat. Nur das Goldstück ärgerte mich ein wenig; ich hätte es gern zurückgegeben. Doch wo sollte ich meinen Gläubiger finden? Das erschien mir nicht so einfach.

Mit der feierlichen Degradation meinte ich alles überstanden zu haben; aber ich mußte eine weitere Demütigung ertragen. Nach meiner Entlassung aus dem Arrest, wie ich wieder Dienst tat, kam ich auf Wache und mußte als Gemeiner Posten stehen. Sie können sich nicht vorstellen, was ein Mann mit Ehrgefühl in solchem Falle leidet. Ich hätte mich lieber füsilieren lassen. Man marschiert da wenigstens allein, vor dem Zuge; man fühlt sich als etwas Besonderes; aller Augen sind auf einen gerichtet.

Ich bekam den Posten vor der Haustür des Obersten. Das war ein reicher junger Mann, ein guter Kerl, der flott lebte. Er hatte an dem Tage alle jungen Offiziere bei sich, dazu eine Menge Zivilisten, auch Damen, Schauspielerinnen, wie es hieß. Ich, ich hatte die Empfindung, als habe sich die ganze Stadt vor jener Tür verabredet, um mich Posten stehen zu sehen. Da kommt die Kutsche des Obersten angefahren; der Kammerdiener mit auf dem Bocke. Und wen sehe ich aussteigen? Die kleine Zigeunerin. Diesmal war sie aufgetakelt wie ein Heiligenschrein, herausgeputzt, mit Gold und Bändern behangen. Sie trug ein mit Flittern übersätes Kleid, blaue Schuhe, wiederum mit Flittergold, und, wo es nur anging, Blumen und Borden. In der Hand hatte sie eine baskische Handtrommel. Zugleich kamen zwei andere Zigeunerinnen, eine junge und eine alte. Die alten Weiber sind immer die Führer. Dann kam noch ein Alter mit einer Gitarre, ebenfalls ein Zigeuner, der spielen und sie zum Tanze begleiten sollte. Sie wissen, daß man öfters Zigeunerinnen zu Gesellschaften kommen läßt, damit sie ihren Tanz, den Romalis, aufführen; manchmal auch andrer Dinge wegen.

Carmen erkannte mich. Wir wechselten einen Blick. Ach, am liebsten wäre ich da im Erdboden versunken!

Agur, laguna! (Guten Tag, Landsmann!) rief sie mir zu. Herr Offizier, Sie stehen ja Posten wie ein Gemeiner!

Bevor ich ein Wort der Erwiderung hätte finden können, war sie im Hause.

Die ganze Gesellschaft war im Patio (Hof), aber

trotz der Menschenmenge sah ich durch das Gitter beinahe alles, was drin vorging. Ich vernahm die Kastagnetten, die Trommel, das Lachen und die Bravos. Zuweilen, wenn sie mit ihrer Trommel in die Höhe sprang, sah ich Carmens Kopf. Auch hörte ich, wie ihr von Offizieren Dinge gesagt wurden, die mir das Blut ins Gesicht trieben. Was sie antwortete, davon verstand ich nichts.
Von Stund an, glaube ich, war ich allen Ernstes in sie verliebt; denn drei- oder viermal lockte mich der Gedanke, in den Hof einzudringen und allen den Laffen, die mit ihr schön taten, meinen Säbel in den Bauch zu rennen. Meine Qual dauerte eine reichliche Stunde; dann kamen die Zigeuner wieder heraus, und der Wagen führte sie von dannen. Carmen blitzte mich im Vorbeigehen an, mit den Augen, die Sie auch kennen, und sagte ganz leise zu mir: Landser, wer gern gute Backfische ißt, kann welche in Triana bei Lillas Pastia bekommen. Und flink wie ein Zicklein sprang sie in die Kutsche. Der Kutscher peitschte seine Maultiere, und die ganze fidele Sippe fuhr weg, wer weiß wohin.
Sie können sich denken, daß ich nach getaner Wache nach Triana ging; aber zuvor ließ ich mich rasieren und machte mich zurecht wie zur Parade. Sie war bei Lillas Pastia, einem alten Fischbäcker, einem Zigeuner, schwarz wie ein Mohr, bei dem viele Leute gebackne Fische aßen, besonders wohl seit Carmen dort Quartier genommen hatte.
Wie sie mich sah, sagte sie sofort: Lillas, heute

mache ich nicht mehr mit. Morgen ist auch noch ein Tag. Komm, Landser, wir wollen spazierengehen.
Sie zog ihre Mantilla vor die Nase, und schon waren wir auf der Straße, ohne daß ich wußte, wohin es gehen sollte. Fräulein, sagte ich zu ihr, ich habe mich wohl für ein Geschenk zu bedanken, das Sie mir geschickt haben, als ich eingesperrt war. Das Brot habe ich gegessen; die Feile benütze ich zum Schärfen meiner Lanze, ich behalte sie als Erinnerung an Sie. Doch das Geld ... hier haben Sie es wieder!
Schau, schau! rief sie. Er hat das Geld aufgehoben. Sie konnte sich vor Lachen nicht halten. Übrigens auch gut, denn ich bin gerade ziemlich abgebrannt. Was tut's? Der Hund, der auf die Suche geht, kommt nicht um. Komm, wir verfuttern den Mammon! Du hältst mich aus!
Wir hatten den Rückweg nach Sevilla eingeschlagen. An der Ecke der Schlangengasse kaufte sie ein Dutzend Apfelsinen, die ich in mein Taschentuch packen mußte. Weiter erstand sie ein Brot, eine Wurst und eine Flasche Manzanilla (Apfelwein). Schließlich ging sie zu einem Zuckerbäcker. Hier warf sie das Goldstück, das ich ihr zurückgegeben hatte, und ein zweites, das sie aus ihrer Tasche zog, dazu etliche Silbermünzen auf die Ladentafel. Zuletzt forderte sie von mir alles, was ich hätte. Ich besaß nur ein kleines Silberstück und ein paar Kupferlinge; die gab ich ihr, sehr beschämt, nicht mehr zu haben. Es sah aus, als wolle

sie den Laden auskaufen. Sie suchte das Teuerste und Beste aus, Yemas (Zucker-Eidotter), Turon (Türkischen Kuchen), eingemachte Früchte, so viel, bis das Geld alle war. Alles das bekam ich in Papiertüten ebenfalls zu tragen. Die Lämpchengasse ist Ihnen gewiß bekannt; ein Kopf vom König Don Pedro dem Gerechten steht da. Der hätte mir eine Mahnung sein sollen! In dieser Gasse machten wir vor einem alten Hause halt. Sie trat in den Flur und klopfte im Erdgeschoß an. Eine Zigeunerin, eine richtige Hexe, öffnete ihre Tür. Carmen sagte ihr ein paar Worte in der Zigeunersprache. Zuerst brummte die Alte. Um sie friedlich zu stimmen, schenkte Carmen ihr zwei Apfelsinen und eine Handvoll Bonbons und erlaubte ihr, den Wein zu kosten. Sodann hängte sie ihr ihre Mantilla um und brachte sie zur Tür hinaus, die sie durch den Querbalken verschloß.
Sobald wir allein waren, fing sie an zu tanzen und wie eine Verrückte zu lachen, trällernd:

Du bist mein Schatz,
Ich bin der deine...

Ich stand mitten in der Stube, beladen mit all den Waren, die sie eingekauft hatte, und wußte nicht wohin damit. Sie warf den ganzen Kram zu Boden, sprang mir um den Hals und rief: Ich tilge meine Schulden nach Zigeunerbrauch!
Herr, das war ein Tag, das war ein Tag! Wenn ich daran denke, vergesse ich den, der morgen kommt...

Der Bandit schwieg einen Augenblick. Dann setzte er seine Zigarre wieder in Brand und fuhr fort:
Wir verbrachten den ganzen Tag mit Essen, Trinken und dem Übrigen. Nachdem sie wie ein kleines Kind vom Zuckerzeug gegessen hatte, warf sie Händevoll davon in den Wasserkrug der Alten. Ich mache ihr Sorbet, sagte sie. Sie warf zerquetschte Yemas an die Wand. Damit uns die Fliegen in Ruhe lassen, erklärte sie. Kurz, sie trieb allerlei dumme Dinge. Ich sagte, daß ich sie tanzen sehen möchte. Doch wo Kastagnetten auftreiben? Sofort nimmt sie den einzigen Teller der Alten, bricht ihn in Stücke, und siehe da, sie tanzte den Romalis unter dem Geklapper der Steingutscherben genau so gut, als hätte sie Kastagnetten aus Ebenholz oder Elfenbein gehabt. Bei dem Weibe langweilte man sich nicht, das versichere ich Ihnen. Der Abend brach herein, und ich hörte in der Ferne den Trommelschlag des Zapfenstreichs.
Ich muß zum Appell in die Kaserne, sagte ich zu ihr.
In die Kaserne? rief sie in verächtlichem Tone. Du bist wohl ein Neger, den der Stock regiert? Du bist ein echter Kanari, außen wie innen! (Die spanischen Dragoner tragen gelbe Koller.) Geh, du Angsthase!
Ich blieb, mich im voraus mit dem Arrest abfindend.
Am Morgen war sie die erste, die vom Abschied sprach. Joseito, sagte sie, höre mal! Du bist abgefunden. Nach Zigeunergesetz war ich dir, einem

Payllo, überhaupt nichts schuldig; aber du bist ein hübscher Junge und hast mir gefallen. Wir sind quitt. Guten Tag!

Ich fragte sie, wann ich sie wiedersehen könne.

Wenn du nicht mehr so dumm bist! erwiderte sie lachend. Ernsthafter setzte sie dann hinzu: Weißt du, Jungchen, daß ich dich ein wenig liebe? Doch das wird nicht lange währen. Hund und Wolf vertragen sich auf die Dauer nicht. Wenn du dich den Zigeunern gesell test, würde ich wohl gern deine Romi (Herzliebste) sein. Aber das ist dummes Zeug; es geht nicht. Larifari! Glaube mir, mein Junge, du bist gut weggekommen. Der Teufel ist dir in den Weg gerannt, jawohl der Teufel. Er ist nicht immer schwarz, und den Hals hat er dir auch nicht umgedreht. Ich gehe zwar in Wolle, aber ich bin alles andre denn ein Schaf. Geh, stifte deiner Majari (Madonna) eine Wachskerze; die hat sie wahrlich verdient. Also nochmals: Gott befohlen! Vergiß Carmencita! Sonst könnte es geschehen, daß sie dich an eine Witwe mit Holzbeinen verkuppelt.

So redend, nahm sie den Querbalken fort, der die Türe schloß, und wie sie auf der Gasse war, hüllte sie sich in ihre Mantilla und drehte mir den Rücken zu.

Sie sagte Wahres; denn ich wäre klug gewesen, hätte ich Carmen vergessen. Aber seit dem Tag in der Lämpchengasse vermochte ich an nichts anderes zu denken. Ich bummelte jeden Tag durch die Stadt, in der Hoffnung, ihr zu begegnen. Ich erkundigte mich nach ihr bei der Alten und beim Fischbäcker. Beide antworteten, sie sei nach Laloro (Rotland) abgereist, das heißt nach Portugal. Wahrscheinlich gaben sie diese Auskunft auf Carmens Anordnung, aber ich erfuhr bald, daß sie logen.

Einige Wochen nach meinem Erlebnis in der Lämpchengasse hatte ich Wache an einem der Stadttore. Nicht weit davon war ein Stück der Stadtmauer eingefallen. Bei Tage arbeitete man daran, während nachts ein Posten aufgestellt wurde, um den Schmuggel zu verhindern. Wie es noch hell war, sah ich Lillas Pastia vor der Wachtstube auf und ab gehen und mit mehreren meiner Kameraden plaudern. Sie kannten ihn alle; seine Fische und seine Krapfen noch besser. Er trat an mich heran und fragte mich, ob ich Nachricht von Carmen hätte.

Ich verneinte es.

Na, Gevatter, Sie werden von ihr hören!

Er sagte nichts Falsches. In der Nacht bekam ich den Posten an der Bresche. Kaum war der aufziehende Gefreite weg, da sah ich, wie ein Frauenzimmer auf mich zukam. Mein Herz sagte mir, daß es Carmen war; doch ich rief: Halt! Zurück! Hier ist kein Durchgang.

Tu nur nicht so bös! rief sie wieder und gab sich zu erkennen.

Carmen, du hier!

Jawohl, lieber Landser! Ein paar Worte, kurz und bündig! Willst du dir einen Douro verdienen?

Es werden Leute mit Hucken kommen. Laß sie durch!
Nein! entgegnete ich. Ich muß sie anhalten. So lautet die Instruktion.
Die Instruktion, die Instruktion! In der Lämpchengasse hast du nicht daran gedacht.
So! erwiderte ich, ganz wirr durch die bloße Erinnerung. Das wäre es wert, die Instruktion zu vergessen, aber ich nehme von Schmugglern kein Geld.
Höre mal! Wenn du kein Geld willst, willst du, daß wir wieder bei der alten Dorothea unsre Mahlzeit halten?
Nein, sagte ich, halb erstickt durch die Mühe, die mich die Ablehnung kostete. Ich kann nicht.
Sehr gut! Wenn du so schwerfällig bist, so weiß ich, an wen ich mich zu wenden habe. Ich werde deinen Leutnant einladen, mit mir zur Dorothea zu gehen. Man sieht ihm an, daß er ein guter Junge ist, und er wird schon einen auf Posten stellen, der nur sieht, was er sehen soll. Leb wohl, Kanari. Und am Tage, wo die Instruktion lautet, dich zu henken, werde ich mir einen Ast lachen.
Ich war so schwach, rief sie zurück und versprach, wenn nötig, die ganze Zigeunerbande durchzulassen, gegen die einzige Gegenleistung, die ich mir wünschte. Sofort schwor sie mir, sie werde gleich morgen ihr Wort einlösen. Dann eilte sie zu ihren Kumpanen, die in der Nähe waren. Es waren ihrer fünf, darunter Pastia, alle mit englischen Waren schwer beladen. Carmen stand Schmiere. Sie soll-

te mit ihren Kastagnetten warnen, sobald sie bemerkte, daß die Runde käme. Aber das war gar nicht nötig, denn die Schmuggler vollführten ihr Werk im Handumdrehen.

Tags darauf ging ich in die Lämpchengasse. Carmen ließ auf sich warten und kam in ziemlich schlechter Laune.

Leute, die sich nötigen lassen, mag ich nicht, sagte sie. Du hast mir das erstemal einen größeren Dienst erwiesen, ohne daß du dabei auf irgendwelchen Gewinn rechnetest. Gestern hast du mit mir gefeilscht. Ich weiß nicht, warum ich gekommen bin, denn ich habe dich nicht mehr gern. Hier hast du einen Douro für deine Mühe. Nun geh!

Es fehlte nicht viel, daß ich ihr das Geldstück an den Kopf geworfen hätte, und ich mußte mich gewaltsam beherrschen; sonst hätte ich sie verhauen. Nachdem wir uns eine Stunde lang gestritten, ging ich wütend weg. Einige Zeit irrte ich durch die Stadt, indem ich wie ein Narr hin- und herstrich. Endlich betrat ich eine Kirche, setzte mich in den dunkelsten Winkel und flennte heiße Tränen. Soldatentränen! Draus brau ich einen Liebestrank. Ich blickte auf. Carmen stand vor mir.

Sag, Landser, grollt Ihr mir noch? fragte sie. Ich muß Euch doch wohl gern haben, denn seit Ihr mich habt stehen lassen, ist mir unheimlich zumute. Schaut, jetzt bin ichs, die Euch fragt: Willst Du mit mir nach der Lämpchengasse gehn?

Also schlossen wir Frieden. Aber Carmen war launenhaft wie bei uns das Wetter. Nie ist in unsern Bergen Sturm näher, als wenn die Sonne am grellsten strahlt. Sie versprach mir, ein andermal zur Dorothea zu kommen; aber sie kam nicht. Und die Alte wollte mir weismachen, sie wäre in Zigeunerangelegenheiten nach Laloro (Portugal) gereist. Da ich aus Erfahrung wußte, was davon zu halten war, suchte ich Carmen überall, wo ich sie vermutete, und ich ging zwanzigmal am Tage nach der Lämpchengasse.

Einmal abends war ich gerade bei Dorothea, die ich mir gewonnen hatte, weil ich ihr hin und wieder ein Glas Anisschnaps bezahlte, da trat Carmen ein, mit ihr ein junger Mann, Leutnant in meinem Regiment.

Drück dich! Rasch! sagte sie auf baskisch zu mir. Ich blieb, verdutzt, innerlich voll Wut.

Was machst du hier? fragte mich der Offizier. Pack dich weg!

Ich vermochte keinen Schritt zu tun; ich war wie gelähmt. Der Leutnant, zornentbrannt, da er sah, daß ich mich nicht entfernte, ja nicht einmal mein Käppi abgenommen hatte, packte mich am Kragen und schüttelte mich derb ab. Ich weiß nicht mehr, was ich ihm zurief. Er zog seinen Säbel und ich auch. Die Alte ergriff mich am Arm, und der Leutnant versetzte mir einen Hieb über die Stirn; die Narbe sieht man noch. Ich wich zurück und gab Dorothea einen Stoß mit dem Ellbogen, so daß sie rücklings hinfiel. Dann, wie der Leutnant mir nachkam, streckte ich ihm den Säbel entgegen. Er rannte hinein.

Da löschte Carmen die Lampe aus und sagte in ihrer Sprache zu Dorothea, sie solle sich aus dem Staube machen. Ich, ich rettete mich auch auf die Gasse und fing an zu laufen, ohne zu wissen wohin. Es war mir, als folge mir jemand. Als ich meiner Gedanken wieder Herr war, sah ich, daß Carmen bei mir geblieben war.

Du ganz dummer Kanari, sagte sie zu mir, du machst nichts als Torheiten! Na, wie gesagt, ich bringe dir bloß Unglück. Aber es kommt alles ins Lot, wenn man eine Zigeunerin zur guten Freundin hat. Binde dir dies Taschentuch um den Kopf und wirf dein Koppel fort! Warte auf mich da im Flur! In zwei Minuten bin ich wieder da.

Weg war sie. Alsbald brachte sie mir einen gestreiften Mantel. Wer weiß, wo sie ihn herholte. Ich mußte meine Uniform ausziehen und den Mantel übers Hemd nehmen. In diesem Aufzug, das Taschentuch als Verband über der Stirn, glich ich einigermaßen einem Valencianer Bauern, wie man sie häufig in Sevilla ihre Zwiebeln verkaufen sieht.

So brachte sie mich in ein Haus, das dem der Dorothea ziemlich ähnelte, am Ende eines Gäßchens. Zusammen mit einer anderen Zigeunerin wusch und verband sie mich, und zwar besser als es ein Stabsarzt gemacht hätte. Man gab mir zu trinken, ich weiß nicht was, und schließlich legte man mich auf eine Matratze. Ich schlief ein.

Wahrscheinlich hatten die Weiber heimlich ein Schlafmittel in mein Getränk gemischt, denn ich erwachte am folgenden Tage erst sehr spät. Ich hatte starke Kopfschmerzen und etwas Fieber. Es bedurfte einiger Zeit, bis ich mich des schrecklichen Vorfalles tags zuvor erinnerte. Nachdem Carmen und ihre Freundin meinen Verband erneuert hatten, kauerten sie sich beide neben meiner Matratze nieder und wechselten in ihrer Sprache ein paar Worte. Offenbar war das eine ärztliche Beratung. Darauf versicherten mir beide, ich werde binnen kurzer Zeit geheilt sein, müsse aber Sevilla so bald wie nur möglich verlassen; denn wenn man mich erwische, würde ich ohne Gnade erschossen.

Mein Junge, fügte Carmen hinzu, du mußt irgend was machen. Jetzt, wo dir der König keinen Reis und keinen Stockfisch mehr spendiert, mußt du daran denken, dir deinen Unterhalt zu verdienen. Um a pastesas (mit List, ohne Gewalt) zu stehlen, dazu bist du zu dumm. Doch du bist flink und stark, und wenn du Mut hast, so geh ans Meer und werde Schmuggler! Habe ich dir nicht verhießen, dich an den Galgen zu bringen? Das ist besser als erschossen zu werden. Wenn du die Sache geschickt anfassest, kannst du wie ein Fürst leben, solange dir die Miñons (Hilfspolizei) und die Strandwächter nicht an den Hals kommen.

Auf diese verlockende Weise führte mich das Teufelsmädel der neuen Laufbahn zu, für die sie mich bestimmte, tatsächlich der einzigen, die mir offenstand, nachdem ich der Todesstrafe verfallen war. Es ist eigentlich überflüssig zu erwähnen, daß mich

Carmen ohne viel Mühe überredete. Mich dünkte, dies Leben voller Zufälle und Verstöße müsse mich ihr vertrauter machen. Fortan glaubte ich ihrer Liebe gewiß zu sein. Ich hatte oft davon erzählen hören, daß so mancher Schmuggler, auf gutem Gaul, das Pistol in der Faust, die Geliebte auf der Kruppe, Andalusien durchflog. Schon sah ich mich, die niedliche Zigeunerin hinter mir, über Berg und Tal sausen. Wie ich ihr davon sprach, lachte sie so, daß sie sich die Seiten halten mußte, und sagte, es gäbe nichts Schöneres als eine Nacht am Lagerfeuer, wenn sich jeder Rom mit seiner Romi in sein kleines Zelt aus drei Reifen, eine Decke darüber, verkröche.

Wenn ich erst im Gebirge bin, sagte ich zu ihr, werde ich dich erst richtig haben. Da gibt es keinen Leutnant, der dich mit mir teilt.

Schau, du bist eifersüchtig! rief sie. Schlimm für dich. Wie kannst du so dumm sein? Siehst du nicht, daß ich dich gern habe, sintemal ich nie Geld von dir fordre?

Als sie so sprach, hätte ich sie am liebsten erwürgt. Kurz und gut, Carmen verschaffte mir Zivilkleider, in denen ich unerkannt Sevilla verließ. Ich ging nach Jerez mit einem Briefe von Pastia an einen Schnapshändler, bei dem sich die Schmuggler zu treffen pflegten. Ich ward den Leuten bekannt gemacht; ihr Führer, der Dancaïre genannt, nahm mich in die Truppe auf. Wir begaben uns nach Gaucin, wo ich mich verabredungsgemäß mit Carmen traf. Sie diente meinen Gefährten auf Unternehmungen als Kundschafterin; und eine bessere hat es nie gegeben. Sie war auf dem Rückwege von Gibraltar, wo sie sich mit einem Schiffsbesitzer ins Einvernehmen gesetzt hatte; wir sollten Waren aus England an der Küste in Empfang nehmen. Wir bekamen sie in der Gegend von Estepona, verbargen einen Teil davon im Gebirge. Bepackt mit dem Rest wanderten wir nach Ronda. Carmen war wieder voraus. Sie war es auch, die uns ankündigte, wann wir in die Stadt gelangen konnten.

Diese erste Fahrt sowie einige weitere verliefen glücklich. Das Schmugglerleben gefiel mir besser als das Soldatenleben. Ich machte Carmen Geschenke; ich hatte Geld und eine Liebste. Reue plagte mich kaum; denn, wie es unter den Zigeunern heißt: Krätze macht nichts aus, lebt man in Saus und Braus. Wir wurden überall gut aufgenommen. Meine Kameraden waren gut zu mir und erwiesen mir sogar besondre Achtung; denn ich hatte jemanden umgebracht, und es gab welche unter ihnen, die noch keine solche Tat auf dem Gewissen trugen. Was mir aber am besten in meinem neuen Dasein gefiel, waren meine häufigen Zusammenkünfte mit Carmen. Sie war zu mir freundschaftlicher denn je. Allerdings, vor den Genossen gab sie nicht zu, daß sie meine Geliebte war. Ich hatte ihr sogar hoch und heilig schwören müssen, mich hierüber nicht zu äußern. Ich war diesem Geschöpf gegenüber so schwach, daß ich mich allen ihren Launen fügte. Übrigens benahm

sie sich vor mir zum ersten Male mit der Zurückhaltung einer anständigen Frau, und ich war einfältig genug zu glauben, ihr bisheriges Wesen habe sich gewandelt.
Unsre Bande, die aus acht bis zehn Mann bestand, vereinigte sich nur zu wichtigen Zeiten; für gewöhnlich waren wir zu zweien oder dreien in den Städten und Dörfern zerstreut. Ein jeder von uns gab sich den Anschein, als betriebe er ein Handwerk; einer war Kupferschmied, der andre Pferdehändler. Ich hausierte mit Kurzwaren; aber wegen meiner schlimmen Tat in Sevilla zeigte ich mich an größeren Orten wenig.
Eines Tages oder vielmehr eines Nachts versammelten wir uns am Fuße des Veger. Der Dancaïre und ich, wir fanden uns vor den andern ein. Er kam mir sehr fröhlich vor.
Wir bekommen einen neuen Kameraden, sagte er zu mir. Carmen hat soeben wieder ein Meisterstück vollbracht. Sie hat ihren Rom ausbrechen helfen, der in Tarifa hinter Schloß und Riegel saß.
Ich war im Rotwelsch meiner Gefährten bereits genug bewandert; bei dem Worte Rom bebte ich. Was? fragte ich den Anführer. Ihren Mann? Ist sie denn verheiratet?
Sozusagen, entgegnete er, mit Garcia dem Einauge, einem Zigeuner, der nicht minder gerissen ist wie Carmen. Der arme Kerl war zur Galeere verdonnert. Sie hat dem Festungsarzt dermaßen den Kopf verdreht, daß sie dadurch ihrem Schatz

die Freiheit verschafft hat. Dies Weib ist wert, in Gold aufgewogen zu werden. Seit zwei Jahren arbeitete sie an seiner Erlösung. Nichts wollte glükken bis zur Stunde, da der Stabsarzt dorthin versetzt ward. Mit ihm ist sie also rasch zu einem Ergebnis gelangt.
Stellen Sie sich meine Stimmung vor! Garcia das Einauge bekam ich bald zu Gesicht. Er war entschieden das greulichste Scheusal, den je eine Zigeunerin gesäugt haben mag, schwarz außen und schwarz innen, der frechste Verbrecher, der mir im Leben je begegnet ist. Carmen brachte ihn, und wenn sie den Kerl in meiner Gegenwart Schatz nannte, waren die Augen, die sie mir machte, nicht von Pappe, ebenso die Grimassen hinter Garcias Rücken. Ich war empört und redete an dem Abend kein Wort mit ihr. Am Morgen hatten wir unsre Ballen auf dem Buckel und waren längst unterwegs, als wir bemerkten, daß uns ein Dutzend Reiter auf den Fersen war. Die andalusischen Maulhelden, die stets alles gleich totschlagen wollen, zogen jämmerliche Mienen. Alle nahmen sie die Beine unter die Arme. Nur der Dancaïre, Garcia und ein netter Bengel aus Ecija, der Remendado (Geflickte) genannt, ebenso Carmen, verloren den Kopf nicht. Die übrigen ließen ihre Maultiere im Stich und liefen in die Schluchten, wohin ihnen die Pferde nicht folgen konnten. Es war unmöglich, unsre Lasttiere in Sicherheit zu bringen, und so beeilten wir uns, das Wertvollste unsrer Ware abzuladen und auf die Schultern zu nehmen. Dann

versuchten wir uns quer durch die Felsen über die steilsten Abhänge zu retten. Wir rollten unsre Ballen vor uns her und rutschten ihnen auf den Fersen nach, so gut es ging. Dabei schoß der Feind auf uns aus dem Hinterhalt. Das war das erstemal, daß ich Gewehrkugeln pfeifen hörte. Es machte keinen großen Eindruck auf mich. Unter den Augen einer Frau keine Angst vor dem Tode zu haben, ist weiter kein Heldentum. Wir entkamen mit Ausnahme des Remendado, der einen Schuß ins Kreuz abkriegte. Ich warf mein Gepäck ab und versuchte ihn aufzubuckeln.
Schwachkopf! rief Garcia mir zu. Was nützt uns das Aas! Mach ihm den Garaus und verliere die seidnen Strümpfe nicht!
Wirf ihn hin! schrie Carmen.
Ermattet mußte ich ihn einen Augenblick im Schutz eines Felsens hinlegen. Da kam Garcia heran und schoß ihm die volle Ladung seiner Muskete in den Kopf.
Den soll noch einer erkennen! rief er mit einem Blick auf das von zwölf Kugeln zerrissene Gesicht.
Das war das herrliche Räuberleben, das ich führte! Am Abend fanden wir, müd und matt, einander in einem Busch. Wir hatten nichts zu essen und waren durch den Verlust unserer Maultiere zugrunde gerichtet. Was tat der teuflische Garcia? Er zog einen Pack Karten aus seiner Tasche und begann beim Schein eines Feuers, das sie angebrannt hatten, mit dem Dancaïre zu spielen. Wäh-

renddem hatte ich mich niedergelegt, starrte hinauf zu den Sternen und dachte an den Remendado, wobei ich mir sagte: Wie gern wäre ich an seiner Statt!

Carmen, die nicht weit von mir hockte, ließ von Zeit zu Zeit ihre Kastagnetten knattern und trällerte halblaut vor sich hin. Dann rückte sie dicht an mich heran, wie wenn sie mir etwas ins Ohr flüstern wollte, und küßte mich zwei- oder dreimal. Ich ließ es unwillig geschehen. Du bist eine Teufelin! sagte ich zu ihr. Bin ich, erwiderte sie mir.

Nach ein paar Stunden Rast war sie weg, nach Gaucin, und am andern Morgen brachte uns ein kleiner Ziegenhirte Brot. Wir blieben den ganzen Tag in unserem Versteck und näherten uns erst in der Nacht dem genannten Orte. Wir warteten auf ein Signal von Carmen. Es kam keins. Am Morgen erblickten wir einen Maultiertreiber, der eine gutgekleidete Frau mit einem Sonnenschirm und ein kleines Mädchen, offenbar ihre Dienerin, geleitete. Garcia meinte: Da schickt uns der heilige Niklas zwei Esel und zwei Frauenzimmer. Vier Esel wären mir lieber. Immerhin, das Geschäft wird gemacht!

Er nahm seine Muskete und stieg hinab zum Wege, indem er sich immer im Gebüsch verdeckt hielt. Wir, der Dancaïre und ich, folgten ihm in einiger Entfernung. Als wir auf Schußweite heran waren, zeigten wir uns und riefen dem Treiber zu, er solle haltmachen. Wie die Frau uns erblickte, brach sie (statt zu erschrecken, wozu allein unser Aussehen hätte genügen können) in schallendes Gelächter aus.

Ihr Schafköpfe haltet mich für eine Dame! rief sie uns zu.

Es war Carmen, doch so gut verkleidet, daß ich sie nicht erkannt hätte, wenn sie anders gesprochen hätte. Sie sprang von ihrem Maultier und redete eine Weile im Flüstertone mit dem Dancaïre und Garcia. Sodann sagte sie zu mir: Kanari, ehe du gehenkt wirst, sehen wir uns noch einmal. Ich gehe in Geschäftsangelegenheiten nach Gibraltar. Ihr werdet bald von mir hören.

Wir trennten uns, nachdem sie uns einen andern Schlupfwinkel für einige Tage gezeigt hatte. Das Mädel war wie unsre Schutzgöttin. Bald erhielten wir von ihr etwas Geld geschickt und eine Nachricht, die uns mehr wert war, daß nämlich an dem und dem Tage auf dem und dem Wege zwei englische Lords von Gibraltar nach Granada reisen würden. Das war uns ein gefundenes Fressen! Sie hatten ein hübsch paar Guineen bei sich. Garcia wollte sie erledigen, doch der Dancaïre und ich waren dagegen. Wir knöpften ihnen nur das Geld und die Taschenuhren ab, dazu die Hemden, die wir höchst nötig hatten.

So wird man ein Gauner, man weiß nicht wie! Ein hübsches Weib verdreht einem den Kopf. Man schlägt sich für sie. Dabei widerfährt einem ein Mißgeschick. Man muß in den Bergen hausen. Im Handumdrehen wird man erst Schmuggler, dann Straßenräuber. Nach dem Überfalle auf die

Lords dünkte es uns nicht ratsam, in der Gegend von Gibraltar zu bleiben. Wir gingen tiefer ins Land, in die Sierra de Ronda. Von Carmen bekamen wir nichts zu hören.
Der Dancaïre meinte: Einer von uns muß nach Gibraltar, sich nach ihr zu erkundigen. Ich ginge gern hin, doch ich bin dort zu bekannt.
Der Einäugige erklärte: Ich auch. Man kennt mich in Gibraltar, denn ich habe den Krebsen (den englischen Rotröcken) zu viele Streiche gespielt, und da ich bloß ein Auge habe, kann ich mich nicht gut unerkennbar machen.
Also muß ich gehn! sagte ich nun, entzückt allein von dem Gedanken, Carmen wiederzusehen. Sagt, was habe ich zu tun?
Man gab mir folgende Weisung: Sieh zu, daß du zu Wasser oder zu Lande, wie es dir beliebt, nach San Roque kommst, und bist du in Gibraltar, so frage am Hafen, wo eine Schokoladenhändlerin namens Rollona wohnt. Hast du die gefunden, so wirst du von ihr erfahren, was los ist.
Wir kamen überein, alle drei nach der Sierra de Gaucin aufzubrechen; dort sollte ich meine beiden Gefährten verlassen und mich als Fruchthändler nach Gibraltar begeben. In Ronda versorgte mir ein Mann, der zu uns hielt, einen Paß. In Gaucin bekam ich einen Esel, den ich mit Apfelsinen und Melonen belud. So machte ich mich auf den Weg.
In Gibraltar angelangt, erfuhr ich, daß die Rollona allbekannt war, aber sie war gestorben oder irgendwie zum Teufel gegangen; ihr Verschwinden er-

klärte mir, wie mir schien, daß wir die Verbindung mit Carmen verloren hatten. Ich stellte meinen Esel ein und ging mit meinen Früchten durch die Stadt, als wollte ich sie verkaufen, in Wirklichkeit, um vielleicht einem Bekannten zu begegnen. In Gibraltar strömt viel Gesindel aus aller Herren Ländern zusammen. Wie in Babel vernimmt man mit jedem Schritt eine andere Sprache. Ich traf manchen Zigeuner, aber ich wagte nicht, mich einem anzuvertrauen; ich suchte sie auszuhorchen und sie mich. Wir ahnten wohl gegenseitig, daß wir Spitzbuben waren. Es kam darauf an, herauszubekommen, ob man zur nämlichen Bande gehörte.

Nach zwei Tagen erfolglosen Hin- und Herlaufens wußte ich weder von Rollona noch von Carmen etwas, und schon dachte ich daran, nach einigen Einkäufen zu meinen Genossen zurückzukehren, als ich, bei Sonnenuntergang durch eine Gasse schlendernd, plötzlich aus einem Fenster eine weibliche Stimme rufen höre: Orangenmann!

Ich blicke auf und sehe auf einem Balkon Carmen, dicht neben sich einen Offizier in rotem Rock mit goldnen Epauletten, geschniegelt und gebügelt, offenbar ein hoher Herr. Sie selber war prächtig gekleidet, einen Schal um die Schultern, einen goldenen Kamm im Haar, ganz und gar in Seide. Die tolle Nummer, wie immer, lachte, daß sie sich den Bauch halten mußte. Der Engländer, der das Spanisch nur radebrechte, rief mir zu, ich solle heraufkommen, Madame wolle Apfelsinen kaufen. Und

Carmen fügte auf baskisch hinzu: Komm herauf und wundre dich über nichts!
Wahrlich, bei ihr durfte man sich über nichts wundern. Ich kann nicht sagen, ob ich mehr Freude oder mehr Leid empfand, als ich sie wiedersah. Oben an der Tür stand ein großer gepuderter englischer Lakai, der mich in einen prachtvollen Salon führte. Carmen sagte mir sofort auf baskisch: Du verstehst kein Wort Spanisch! Du kennst mich nicht! Darauf wandte sie sich zu dem Engländer: Habe ichs nicht gesagt? Er ist Baske. Ich hab's gleich gesehen. Sie werden es hören; eine drollige Sprache. Wie dumm er dreinschaut! Nicht wahr? Wie ein Kater, der im Küchenschrank erwischt wird.
Und du, sagte ich in meiner Mundart, du siehst aus wie eine freche Dirne, der ich am liebsten vor deinem Galan das Gesicht zerfetzte!
Mein Galan? gab sie zurück. Schau, was du nicht alles siehst! Und auf diesen Trottel bist du eifersüchtig? Du bist noch törichter als vor unsern Abenden in der Lämpchengasse. Merkst du nicht, daß ich im Augenblick fürs Geschäft arbeite, aufs glänzendste sogar? Dies Haus ist bereits mein eigen, und die Guineen des Krebses werden es bald auch sein. Ich führe ihn an der Nase herum, und ich werde ihn wohin führen, von wo er nicht wiederkehrt.
Und ich, erwiderte ich, ich werde dir, wenn du das Geschäft in dieser Weise weiterbetreibst, das Handwerk ein für allemal legen.

Was soll das? Bist du mein Rom, daß du mir Befehle erteilst? Das Einauge ist einverstanden. Was gehts dich an? Du solltest damit zufrieden sein, daß du der einzige bist, der mein Minchorrô (meine Kaprice) ist.

Was sagt er? fragte der Engländer.

Er sagt, er habe Durst, und er möchte gern ein Gläschen trinken.

Sie warf sich in ein Sofa, laut auflachend über ihre Übersetzung.

Wenn dies Weib zu lachen begann, konnte man kein vernünftiges Wort mehr reden. Jedermann lachte mit. Der lange Engländer mußte lachen wie ein Dummer, der er ja auch war. Er befahl, mir zu trinken zu bringen.

Während ich trank, sagte Carmen zu mir: Siehst du den Ring an seinem Finger? Wenn du ihn willst, kannst du ihn bekommen.

Ich antwortete: Ich würde mir einen Finger abhacken lassen, wenn ich deinen Lord in den Bergen hätte, jeder von uns beiden einen Maquilla in der Faust.

Maquilla, was ist das? fragte der Engländer.

Maquilla, entgegnete Carmen, immer noch lachend, das ist eine Apfelsinensorte. Spaßige Bezeichnung, was? Er möchte Ihnen gern eine zu kosten geben.

So? meinte der Engländer. Gut, er soll morgen wiederkommen.

Während unseres Gesprächs kam der Diener und meldete, das Essen sei bereit. Der Engländer erhob sich, gab mir einen Piaster und bot Carmen den Arm, als ob sie nicht allein gehen könne. Die lachende Carmen sagte zu mir: Mein Junge, zum Essen kann ich dich nicht einladen, aber morgen, sowie du die Trommel zur Parade hörst, komm mit deinen Apfelsinen wieder her! Du sollst ein Kämmerlein finden, netter eingerichtet als das im Lämpchengäßchen, und du wirst sehen, daß ich immer deine Carmencita bin. Dann sprechen wir von unserm Geschäft.

Ich gab keine Antwort und war schon auf der Straße, als mir der Engländer nachrief: Bringen Sie morgen Maquillas!

Carmens Lachen schallte hinterdrein.

Ich ging planlos; nachts schlief ich kaum, und am Morgen war ich so voller Zorn auf die Verräterin, daß ich schon entschlossen war, Gibraltar zu verlassen, ohne sie wiederzusehen. Aber beim ersten Trommelschlag verließ mich all mein Mut. Ich nahm meinen Apfelsinenkorb und lief zu Carmen. Ihr Fensterladen stand halb offen, und ich sah, wie sie mit ihren großen schwarzen Augen nach mir ausschaute. Der gepuderte Diener führte mich sofort hinein. Carmen gab ihm einen Auftrag; und sobald wir allein waren, brach sie in ihr unmenschliches Gelächter aus und warf sich mir an den Hals. Nie war sie mir so schön erschienen. Sie war geschmückt wie eine Madonna. Parfüm, Seidenmöbel, goldbortierte Vorhänge, dazu ich Strolch... Was war ich mehr?

Minchorrô, sagte sie zu mir, ich hätte Lust, alles

hier in Stücke zu schlagen, das Haus anzuzünden und in die Sierra zu fliehen.
Wie zärtlich sie war! Dazu ihr Lachen. Dann tanzte sie und zerriß ihren Staat. Kein Affe hat je mehr Sprünge, Grimassen, Teufeleien gemacht.
Als sie wieder ernsthaft geworden war, sagte sie zu mir: Höre! Jetzt das Geschäft! Er soll mich nach Ronda geleiten, wo ich eine Schwester habe, die Nonne ist... (neuer Lachausbruch). Wir kommen an einen Ort, den ich noch näher bezeichnen werde. Ihr überfallt ihn und plündert ihn ordentlich aus. Am besten wäre es, ihr schlügt ihn tot, aber (hierbei lachte sie wahrhaft teuflisch, wie immer in gewissen Momenten, wo dann niemand mitlachen mochte!)... Weißt du, wie ihr es anstellen müßt? Das Einauge soll vorangehen; ihr andern haltet euch etwas zurück! Der Krebs ist tapfer und gewandt; er besitzt gute Pistolen. Kapiert? (Wiederum ein Ausbruch ihres gräßlichen Lachens).
Nein! rief ich aus. Ich hasse Garcia, doch er ist mein Kamerad. Eines Tages befreie ich dich vielleicht von ihm; aber wir begleichen unsere Rechnungen auf baskische Art. Ich bin kein echter Zigeuner, und in gewissen Dingen werde ich stets ein Navarro fino sein.
Carmen erwiderte: Ein Schafskopf bist du, ein Tor, ein richtiger Payllo. Du bist wie der Zwerg, der sich Wunder was einbildet, wenn er weit gespuckt hat. Du liebst mich nicht. Geh!
Jedesmal wenn sie zu mir sagte: Geh! vermochte

ich es nicht. Ich versprach ihr, abzureisen, die Genossen wieder aufzusuchen und dem Engländer aufzulauern. Ihrerseits versprach sie mir, sich bis zur Abreise von Gibraltar krank zu stellen. Ich blieb noch zwei Tage dort, und sie hatte die Kühnheit, mich in meiner Herberge zu besuchen. Ich brach auf. Auch ich hatte einen Plan gefaßt. Ich kehrte zu unserm Sammelplatz zurück, den Ort und die Stunde, da der Engländer und Carmen vorüberkommen sollten, im Gedächtnisse.

Ich fand den Dancaïre und Garcia mich erwartend. Wir verbrachten die Nacht in einem Busch an einem Feuer aus Pinienzapfen, die wunderbar leuchteten. Ich forderte Garcia zum Kartenspiel auf. Bei der zweiten Partie beschuldigte ich ihn des Betrugs. Er lachte. Da warf ich ihm die Karten ins Gesicht. Er wollte seine Muskete ergreifen; aber ich trat mit meinem Fuß darauf und sagte ihm: Man sagt, du seist ein Messerstecher ohnegleichen. Willst du es mit mir versuchen?

Der Dancaïre warf sich zwischen uns, aber ich hatte Garcia zwei oder drei Faustschläge versetzt. Die Wut machte ihm Mut. Er zog sein Messer und ich das meine. Beide forderten wir den Dancaïre auf, uns Raum zu geben und uns unsre Sache austragen zu lassen. Als er denn einsah, daß wir durch nichts mehr zu halten waren, wandte er sich ab. Garcia war sprungbereit wie eine Katze, die auf eine Maus geht. In der Linken hielt er seinen Hut zur Abwehr; sein Messer nach vorn. Das ist die Auslagestellung der Andalusier. Ich dagegen legte mich auf Navarraer Art aus, Front gegen ihn, den linken Arm hoch, das linke Bein vorgestellt, das Messer am rechten Schenkel. Ich fühlte mich stark wie ein Riese.

Er schnellte auf mich wie ein Pfeil. Ich drehte mich auf dem linken Fuß, so daß er ins Leere stieß; ich aber traf ihn an der Gurgel, und mein Messer drang so tief ein, daß meine Hand unter seinem Kinn hing. Dann drehte ich die Klinge mit solcher Gewalt herum, daß sie brach. Garcia war hinüber! Die Klinge flog aus der Wunde, herausgetrieben durch einen armdicken Blutstrom. Er selber fiel aufs Gesicht, steif wie ein Klotz.

Was hast du getan? rief der Dancaïre.

Will ich dir sagen, erwiderte ich ihm. Beide konnten wir nicht leben. Ich liebe Carmen und will der Einzige sein. Übrigens, Garcia war ein Schuft. Ich habe nicht vergessen, wie er den armen Remendado behandelt hat. Jetzt sind wir nur noch zwei, aber wir sind ganze Kerle. Willst du mich zum Freund auf Leben und Tod?

Der Dancaïre ergriff meine Hand. Er war ein Fünfzigjähriger.

Zum Teufel die Liebschaften! rief er. Hättest du Carmen einfach von ihm verlangt, er hätte sie dir um einen Piaster verschachert. Wir sind nun nur zwei. Wie sollen wir morgen fertig werden?

Laß mich die Sache allein machen! erwiderte ich ihm. Jetzt spotte ich der ganzen Welt.

Wir begruben Garcia und verlegten unser Lager zweihundert Schritte weiter. Am andern Tage kam

Carmen mit ihrem Engländer nebst zwei Maultiertreibern und einem Diener vorbeigeritten.
Ich sagte zum Dancaïre: Den Engländer nehme ich auf mich. Jage du den drei andern Angst ein; sie haben keine Waffen.
Der Engländer war ein Mann mit Mut, und hätte ihn Carmen nicht am Arm gestoßen, er hätte mich erledigt...
Kurz und gut, ich eroberte mir an diesem Tage Carmen wieder, und mein erstes Wort zu ihr war: Du bist Witwe!
Als sie erfahren, wie dies zugegangen war, sagte sie zu mir: Du wirst immer ein Lillipendi sein. Garcia hätte dich umbringen müssen; denn deine Navarraer Auslage ist dummes Zeug. Er hat Geschicktere als dich in den Schatten befördert. Doch seine Zeit war gekommen, wie auch deine einmal kommt.
Und deine, setzte ich hinzu, wenn du mir keine wahre Romi bist!
Meinetwegen, erwiderte sie. Ich habe mehr denn einmal im Kaffeesatz gelesen, daß wir beide zusammen enden sollen. Bah! Komme, was kommen mag!
Dabei klapperte sie mit ihren Kastagnetten, was sie stets tat, wenn sie einen ihr unangenehmen Gedanken verscheuchen wollte.
Man vergißt sich leicht, wenn man von sich spricht. Alle diese Einzelheiten langweilen Sie wahrscheinlich. Aber ich bin gleich zu Ende. Das Leben, das wir nun zusammen führten, dauerte ziemlich lan-

ge. Der Dancaïre und ich, wir gesellten uns einigen Kumpanen, die zuverlässiger waren als unsre früheren, und trieben wieder Schmuggel. Zuweilen auch, ich muß es gestehen, lauerten wir an der Landstraße, doch nur, wenn wir wirklich in Not waren und wir nichts anderes beginnen konnten. Übrigens mißhandelten wir die Überfallenen nicht und begnügten uns damit, ihnen ihr Geld abzunehmen.

Einige Monate hindurch war ich mit Carmen zufrieden. Sie war uns weiterhin bei unsern Unternehmungen nützlich, indem sie uns auf günstige Gelegenheiten zu gutem Fang aufmerksam machte. Bald weilte sie in Malaga, bald in Kordova, bald in Granada. Doch ein Wort von mir genügte, und sie ließ alles stehen und liegen, um mich in einer einsamen Venta oder sogar im Biwak zu treffen. Ein einziges Mal, es war in Malaga, setzte sie mich einigermaßen in Unruhe. Ich wußte, sie hatte ein Auge auf einen schwerreichen Kaufmann geworfen, mit dem sie vermutlich den Spaß von Gibraltar wiederholen wollte. Trotz aller Reden, mit denen mich der Dancaïre davon abzuhalten suchte, begab ich mich nach der Stadt und betrat sie am hellichten Tage, suchte Carmen auf und nahm sie unverzüglich mit. Es folgte eine heftige Auseinandersetzung.

Weißt du, sagte sie zu mir, seitdem du richtig mein Rom bist, liebe ich dich weniger als damals, da du mein Minchorrô warst. Ich mag nicht gequält und vor allem nicht befehligt werden. Ich

will immer frei sein und tun können, was mir beliebt. Nimm dich in acht und treibe mich nicht zum Äußersten! Wenn du mir lästig wirst, werde ich irgendeinen braven Burschen finden, der es dir genau so besorgt wie du dem Einauge.
Der Dancaïre versöhnte uns wieder, aber wir hatten einander Dinge gesagt, die uns im Herzen haften blieben. Fortan standen wir uns nicht mehr wie ehedem. Kurz darauf stieß uns ein Unglück zu. Die Soldaten überrumpelten uns. Der Dancaïre fiel; dazu zwei Kameraden. Zwei andere gerieten in Gefangenschaft. Ich selber ward schwer verwundet, und hätte ich nicht mein gutes Pferd gehabt, so wäre ich den Soldaten verfallen. Gänzlich ermattet und eine Kugel im Körper, war ich im Begriff, mich zusammen mit dem einzigen Gefährten, der noch bei mir war, in einem Walde zu verbergen. Wie ich absaß, fiel ich in Ohnmacht, und schon fürchtete ich, wie ein angeschossener Hase im Dickicht zu verenden. Mein Kamerad trug mich in eine uns bekannte Höhle und brachte sodann Carmen herbei. Sie war in Granada und kam in aller Eile. Vierzehn Tage lang verließ sie mich keinen Augenblick. Nie schlief sie, und sie sorgte um mich mit einer Geschicklichkeit und Sorgfalt, wie sie kaum je ein Weib für den Geliebtesten bekundet haben kann.
Sobald ich mich wieder auf den Beinen zu halten vermochte, brachte sie mich unbemerkt nach Granada. Zigeunerinnen finden allerorts sichere Zufluchtsstätten, und so weilte ich über sechs Wochen

in einem Hause, in der nächsten Nähe des Korregidors, der nach mir fahndete. Hinter einem Fensterladen liegend, sah ich ihn so manches Mal vorübergehen. Endlich war ich hergestellt. Aber ich hatte auf meinem Schmerzenslager so meine Gedanken gehabt, und ich nahm mir vor, ein neues Leben zu beginnen. Ich eröffnete Carmen, daß ich Spanien verlassen und den Versuch machen wolle, in der Neuen Welt ein ehrliches Leben zu führen. Sie verspottete mich.

Wir sind nicht geschaffen, sagte sie, Kohl zu erbauen. Unser Los ist es, auf Kosten der Payllos zu leben. Paß auf! Ich habe mit Nathan Ben Joseph in Gibraltar eine neue Sache eingefädelt. Er hat Baumwollenwaren, die nur auf dich warten, um über die Grenze zu wandern. Er weiß, daß du munter bist. Er rechnet auf dich. Was würden unsre Geschäftsfreunde in Gibraltar sagen, wenn du ihnen dein Wort brächest?

Ich ließ mich bereden und nahm mein verruchtes Handwerk wieder auf.

Während ich in Granada verborgen war, hielt man dort Stierkämpfe ab. Carmen ging hin. Wieder heim, sprach sie viel von einem sehr gewandten Pikador namens Lukas. Sie wußte, wie sein Pferd hieß und was ihn seine gestickte Weste gekostet hatte. Ich achtete nicht weiter darauf. Etliche Tage darauf sagte mir Juanito, der Kamerad, der mir verblieben war, er habe Carmen mit Lukas bei einem Händler aus Zakatin gesehen. Da ward ich stutzig. Ich fragte Carmen, wie und

warum sie Bekanntschaft mit dem Pikador gemacht habe.
Ein Kerl, sagte sie, mit dem etwas zu machen wäre. Ein Fluß, der rauscht, hat Wasser oder Kieselsteine. Er hat bei den Kämpfen zwölfhundert Realen verdient. Es gibt zwei Möglichkeiten. Entweder wir müssen dieses Geld haben — oder, da er ein guter Reiter und ein beherzter Junge ist, er tritt in unsre Bande ein. Soundso viele sind tot. Du mußt Ersatz für sie haben. Nimm ihn!
Ich will weder sein Geld noch ihn in Person! schrie ich. Und ich verbiete dir, mit ihm zu sprechen.
Hüte dich! sagte sie zu mir. Wenn man mich zu einer Tat reizt, ist sie alsbald getan.
Zum Glück ging der Pikador nach Malaga, während ich mich damit abgab, die Baumwollwaren des Juden einzuschmuggeln. Ich hatte da viel zu tun; Carmen auch. Ich vergaß Lukas; sie wohl auch, wenigstens für den Augenblick. Um diese Zeit war es, Herr, daß ich Ihnen begegnete, zuerst in Montilla, dann in Kordova. Von unsrer letzten Zusammenkunft will ich Ihnen nichts weiter sagen. Sie wissen davon vermutlich mehr denn ich. Carmen stahl Ihnen Ihre Uhr; sie wollte Ihr Geld dazu und vor allem den Ring, den Sie da am Finger haben; sie sagte, es sei ein Zauberring, an dessen Besitz ihr viel läge. Wir hatten einen heftigen Wortwechsel, und ich schlug sie. Sie ward bleich und weinte. Es war das erstemal, daß ich sie in Tränen sah; es war mir schrecklich. Ich bat sie um Ver-

zeihung, doch sie grollte mir den ganzen Tag über, und als ich nach Montilla aufbrach, gab sie mir keinen Kuß. Ich war voller Herzeleid, da, drei Tage darauf, kam sie mir nach, lustig und froh wie ein Buchfink. Alles war vergessen, und wir tollten uns aus wie Leute in den Flitterwochen. Im Augenblick des Scheidens sprach sie zu mir: In Kordova ist ein Fest. Ich will es mitmachen. Dann werde ich wissen, wer mit Geld von dannen geht. Ich werde es dir sagen.

Ich ließ sie ziehen. Wie ich allein war, sann ich über das Fest und den Umschwung in Carmens Stimmung nach. Sie muß sich bereits gerächt haben, sagte ich bei mir; sonst wäre sie nicht von selber gekommen.

Ein Bauer erzählte mir, in Kordova gäbe es Stierkämpfe. Da kochte mir das Blut, und wie ein Verrückter eile ich hin und bin auf dem Platze. Man zeigt mir Lukas, und auf der Bank an der Schranke erblicke ich Carmen. Ein Blick auf sie, und ich bin im Bilde. Beim ersten Stier macht er den Galanten, ganz wie ich mir gedacht. Er riß ihm die Divisa (die Schleife mit den Farben seiner Herkunft) ab und brachte sie Carmen, die sie sich sofort ins Haar steckte. Der Stier sollte mein Rächer werden. Lukas ward überrannt; sein Pferd fiel ihm auf die Brust, und der Stier stürzte über beide. Ich schaute mich nach Carmen um; schon war sie nicht mehr auf ihrem Platze. Da es mir unmöglich, den meinen zu verlassen, mußte ich bis zum Ende der Kämpfe warten. Dann ging ich in das Ihnen bekannte Haus, wo ich den ganzen Abend und einen Teil der Nacht ruhig wartete. Gegen zwei Uhr morgens kam Carmen heim, nicht wenig überrascht, als sie mich sah.

Komm mit mir! sagte ich zu ihr.

Meinetwegen, erwiderte sie. Gehen wir!

Ich holte mein Pferd, setzte sie auf die Kruppe, und so ritten wir den Rest der Nacht, ohne ein Wort miteinander zu reden. Bei Tagesanbruch machten wir an einer einsamen Venta (Schenke) halt, nahe einer Einsiedelei.

Hier sagte ich zu Carmen: Höre! Alles Gewesene sei vergessen. Nichts werde ich je erwähnen. Aber schwöre mir eines: Du gehst mit mir nach Amerika und wirst dort vernünftig!

Nein! rief sie trotzig. Nach Amerika will ich nicht. Es gefällt mir hier.

Wohl weil du in Nähe von Lukas bist? Aber ich sage dir: wenn er wieder gesund wird, graue Haare soll er nicht bekommen. Doch wozu mich an ihn halten? Ich hab es satt, alle deine Liebhaber umzubringen. Dich werde ich töten!

Sie warf mir ihren wilden Blick zu und sagte: Ich hab es mir immer gedacht, daß du mich morden wirst. Das erstemal, als ich dich sah, war mir gerade an der Tür meines Hauses ein Pfaffe begegnet. Und heute nacht, als wir Kordova verließen, hast du das nicht gesehen? Ein Hase ist unter den Hufen deines Pferdes über den Weg gelaufen. Es kommt, was kommen soll.

Carmencita, fragte ich sie, liebst du mich noch?

Sie gab keine Antwort. Die Beine gekreuzt, saß sie auf einer Matte und zog mit dem Finger Striche in den Staub.
Beginnen wir ein neues Leben, Carmen! sagte ich in bittendem Tone. Wir wollen irgendwohin gehen, wo wir niemals getrennt werden. Du weißt, wir haben nicht weit von hier unter einer Eiche hundertundzwanzig Unzen Gold vergraben. Und wir haben auch noch Geld beim Juden Ben Joseph.
Sie lächelte und sagte: Erst ich, dann du! Ich weiß genau, daß es so kommen muß.
Überlege es dir! begann ich von neuem. Ich bin am Ende meiner Geduld und meines Mutes. Fasse deinen Entschluß, oder ich fasse den meinen.
Ich verließ sie und wanderte auf die Klause zu. Der Einsiedler betete gerade. Ich wartete, bis er mit seinem Gebete fertig war. Ich hätte am liebsten selber gebetet, wenn ich es gekonnt hätte. Als er sich erhob, ging ich auf ihn zu.
Vater, redete ich ihn an, wollt Ihr für einen beten, der in großer Gefahr ist?
Ich bete für alle, die in Not sind.
Könnt Ihr für eine Seele, die vielleicht bald vor ihrem Schöpfer erscheinen muß, eine Messe lesen?
Ja, antwortete er, indem er mich scharf anblickte. Und da ihn mein Wesen befremdete, wollte er mich aushorchen. Mich dünkt, ich habe Euch schon einmal gesehen, sagte er.
Ich warf ihm einen Piaster auf die Bank und fragte: Wann werdet Ihr die Messe lesen?
In einer halben Stunde. Der Junge des Gastwirts

unten soll mir ministrieren. Sagt mir, junger Mann, habt Ihr nicht etwas auf dem Gewissen, das Euch quält? Wollt Ihr den Rat eines Christen hören?

Ich war Tränen nahe. Ich sagte ihm, ich käme wieder, und ich lief davon. Ich legte mich ins Gras, bis ich die Glocke hörte. Dann ging ich hin, blieb aber außerhalb der Kapelle. Als die Messe gelesen war, kehrte ich zur Venta zurück, in der Hoffnung, Carmen sei inzwischen verschwunden. Sie hätte mein Pferd nehmen und sich retten können. Doch ich traf sie an. Sie wollte nicht, daß man ihr nachsagen könne, sie habe Angst. Während ich fort war, hatte sie den Saum ihres Kleides aufgetrennt und das Blei herausgenommen. Jetzt stand sie am Tisch und schaute in eine Schüssel voller Wasser, in die sie das Blei, das sie geschmolzen, soeben geworfen hatte. Sie war in ihre Zauberei derart vertieft, daß sie meine Wiederkehr erst nicht bemerkte. Bald nahm sie ein Stück Blei und drehte es mit trauriger Miene nach allen Seiten; bald sang sie eins der Zauberlieder, worin Maria Padilla, Don Pedros Geliebte, angerufen wird, die Bari Crallisa, die angebliche große Königin der Zigeuner.

Carmen, sagte ich zu ihr, willst du mit mir gehn? Sie reckte sich auf, stieß die Schüssel zurück und nahm ihre Mantilla über den Kopf, als sei sie bereit mitzugehen. Mein Pferd ward vorgeführt; sie setzte sich auf die Kruppe, und wir entfernten uns.

So, liebe Carmen, sagte ich zu ihr nach einem Stück Wegs, du gehst mit?

In den Tod, ja, aber ich will nicht mehr mit dir leben.

Wir befanden uns in einer einsamen Schlucht; ich parierte mein Pferd.

Hier? sagte Carmen und war mit einem Satz auf dem Boden. Sie nahm ihre Mantilla, warf sie hin und stand unbeweglich da, eine Faust in der Hüfte, den Blick fest auf mich.

Du willst mich töten; ich sehe es wohl, sprach sie. Es kommt, was kommen soll. Nachgiebig aber machst du mich nicht.

Ich bitte dich, sagte ich zu ihr, sei vernünftig! Höre mich! Alles, was gewesen, ist vergessen. Du weißt doch, du, du hast mich zugrunde gerichtet. Deinetwegen bin ich Dieb und Mörder geworden. Carmen, liebe Carmen, laß mich dich retten und mich mit dir!

José, erwiderte sie, du bittest Unmögliches. Ich liebe dich nicht mehr. Du, du liebst mich noch, und darum willst du mich töten. Ich könnte dir noch irgendeine Lüge vormachen, aber diese Mühe gebe ich mir nicht. Alles ist aus zwischen uns. Als mein Rom hast du das Recht, deine Romi zu töten. Carmen aber ist ewiglich frei. Als Zigeunerin ist sie geboren, als Zigeunerin wird sie sterben.

Du liebst also den Lukas?

Ja, ich habe ihn geliebt, wie einst dich, eine Zeitlang, vielleicht weniger als dich. Jetzt liebe ich nichts mehr, und ich hasse mich, weil ich dich geliebt habe.

Ich warf mich ihr zu Füßen, griff ihre Hände und

benetzte sie mit meinen Tränen. Ich erinnerte sie an alle die glücklichen Augenblicke, die wir zusammen erlebt hatten. Ich erklärte mich bereit, ihr zu Gefallen Räuber zu bleiben. Alles, alles hab ich ihr angeboten, auf daß sie mich wieder lieben sollte. Sie sprach: Dich noch lieben ist unmöglich. Mit dir leben will ich nicht.

Da packte mich die Wut. Ich zog mein Messer. Hätte sie nur Furcht gezeigt, hätte sie mich um Gnade angefleht! Nichts; dies Weib war ein Dämon.

Zum letzten Male, rief ich, willst du bei mir bleiben? Nein, nein, nein! rief sie, indem sie mit dem Fuß aufstampfte und den Ring, den sie von mir hatte, vom Finger zog und ins Gebüsch schleuderte.

Ich stach und stach nochmals. Es war das Messer des Einäugigen, das ich mir angeeignet hatte, als das meine zerbrochen war. Beim zweiten Stiche brach sie lautlos zusammen. Noch ist's mir, als schaute ich ihr großes schwarzes Auge starr auf mich gerichtet. Bald ward es trübe und schloß sich. Mindestens eine Stunde stand ich vor der Leiche, wie im Traum. Dann fiel mir ein, daß Carmen oft zu mir gesagt hatte, sie möchte gern im Walde begraben sein. Ich grub ihr mit meinem Messer ein Grab und legte sie darein. Lange suchte ich nach dem Ringe, bis ich ihn endlich fand. Ich legte ihn ins Grab neben sie, dazu ein kleines Kreuz. Vielleicht tat ich unrecht. Schließlich saß ich auf, ritt im Galopp nach Kordova und gab mich dem erstbesten Wachtposten zu erkennen. Ich habe angegeben, daß ich Carmen ermordet hatte; aber wo ihr Leib liegt, habe ich nicht gesagt. Der Einsiedler, ein frommer Mann, hat für sie gebetet, hat eine Messe für sie gelesen. Armes Ding! Die Zigeuner tragen die Schuld; sie haben sie so erzogen.

Prosper Mérimée
Meistererzählungen

Aus dem Französischen von Arthur Schurig und Adolf V. Bystram. Mit einem Nachwort von V.S. Pritchett

Die besten Erzählungen vom Autor der unsterblichen *Carmen*, der weltliterarischen Figur, die über ein Dutzend Filmregisseure inspiriert hat. Außer von der *Venus von Ille*, die er für sein Meisterwerk hielt, sprach Mérimée von seinen Novellen gern als von seinen ›kleinen Possen‹ – mit einer feinen Doppelzüngigkeit, die die Leser seiner schauerlichen, mit naturalistischer Akribie geschriebenen und psychologisch ›sachlich‹ motivierten Novellen wahrlich eine unheimliche Objektivität lehrt. *Eine tragische Liebschaft* schildert den verhängnisvollen Fehltritt einer ehrbaren Frau, die daran zerbricht. Eine etruskische Vase löst in der gleichnamigen Erzählung die Gefühlskrise eines jungen Mannes aus – sie könnte das Indiz für eine Liebesaffäre sein. In *Matteo Falcone* spielt sich am Rande des unzugänglichen Macchiagestrüpps im Inneren Korsikas, wo noch die Gesetze der ›vendetta‹ gelten, eine grausame Tragödie um die Ehre ab.

»Spürt ihr denn nicht unter der ironischen Oberfläche das wärmste Mitgefühl? Der Autor von Carmen ist stets von der Berechtigung der Leidenschaften überzeugt. Er verlangt nur, daß sie stark und wahrhaftig sind.« *Anatole France*

Choderlos de Laclos
Gefährliche Liebschaften

Deutsch von Franz Blei
Mit einem Nachwort von Renate Briesemeister
detebe 21271

Die Marquise de Merteuil, Angehörige der höchsten Pariser Gesellschaftskreise, spielt ein gefährliches Spiel der Liebe. Sie, die den Schein der Tugendhaftigkeit zu wahren weiß, knüpft Beziehungen, um sie und damit die Beteiligten zerstören zu können.

»Unter den erotischen und gesellschaftskritischen Romanen des französischen 18. Jahrhunderts vielleicht der klügste, kühlste, unsentimentalste. Literarisch und psychologisch glänzend.« *Hermann Hesse*

»Hätte ich zehn Romane auszuwählen, ohne Rücksicht auf ihre Herkunft, ich nähme als erste zwei französische: *Die Kartause von Parma* und *Gefährliche Liebschaften.*« *André Gide*

Zwei Filme – zwei Welterfolge:
Stephen Frears' *Gefährliche Liebschaften* mit Glenn Close, John Malkovich und Michelle Pfeiffer, ausgezeichnet mit drei Oscars, und Miloš Forman's *Valmont* mit Colin Firth und Annette Bening.

Gustave Flaubert

Madame Bovary

Sitten der Provinz

Roman. Deutsch von René Schickele und Irene Riesen. Mit den Rezensionen von Sainte-Beuve, Jules Barbey d'Aurevilly und Charles Baudelaire und einem Nachwort von Heinrich Mann

detebe 20721

»Die meisten Romane veralten schnell, nach einer Generation kann man sie nicht mehr lesen. *Madame Bovary* hat die Zeit überdauert. Sie liest sich, als sei sie heute geschrieben. Es gibt keinen klassischeren Roman.« *Otto Flake*

»Das Erscheinen von *Madame Bovary* war eine Umwälzung für die gesamte Literatur. Es schien, daß die Technik des modernen Romans, auf die man im Riesenwerk Balzacs schon hie und da stoßen konnte, in den vierhundert Seiten eines einzigen Buches klar umrissen und formuliert worden war. Die neue Kunst hatte ihre Grammatik gefunden.« *Émile Zola*

»Bei der *Bovary* hat man von der ersten Zeile an das Gefühl, niemals enttäuscht zu werden.«
William Faulkner

»Eine Handvoll literarischer Gestalten hat mein Leben nachhaltiger geprägt als manches Wesen aus Fleisch und Blut, das ich gekannt habe... Aber es hat keine Gestalt gegeben, mit der ich ein dauerhafteres und eindeutig leidenschaftlicheres Verhältnis gehabt hätte als mit Emma Bovary.« *Mario Vargas Llosa*

Theodor Fontane
Effi Briest

Roman. Mit einem Nachwort von Max Rychner. detebe 21077

»Eine Romanbibliothek der rigorosesten Auswahl, und beschränkte man sie auf ein Dutzend Bände, auf zehn, auf sechs – sie dürfte *Effi Briest* nicht vermissen lassen.« *Thomas Mann*

»Effi Briest steht bei Madame Bovary, das märkische Landfräulein neben der Bauerntochter aus der Normandie. Beide Romane haben die ganze Schönheit der großen Menschenschilderung.« *Heinrich Mann*

»Effi Briest ist Fontanes liebenswürdigste Gestalt. Sie bleibt nicht nur geistig, auch moralisch im Grunde innerhalb des anständigen Durchschnitts eines Mädchens und einer jungen Frau aus dem Adel. Was sie zu einer unvergeßlichen Figur macht, ist die schlichte Vitalität, mit welcher sie in jeder Lage die ihrem Charakter, ihren Fähigkeiten angemessene menschliche Äußerungsmöglichkeit sucht und findet.«
Georg Lukács

»Nicht an Verdammungen und Erhebungen seiner Gestalten erweist sich Fontanes Stellung zu ihnen, sondern am Maß seines Mitleids. Selbst Verzeihen ist ihm noch zu aufdringlich, zu anmaßend. Sein Herz ist bei Effi; er kann es nicht preisgeben, aber beschönigen wird er auch nichts.« *Max Rychner*

Doris Dörrie im Diogenes Verlag

Für immer und ewig

Eine Art Reigen. Leinen

Ein überschaubarer Kreis von Personen, darunter auch das Model Antonia, im ewigen Karussell des Lebens: Man begegnet sich, verliert sich wieder aus den Augen, liebt und leidet.

»Doris Dörrie ist in diesem Buch auf der Höhe ihrer ›Männer‹- und Frauencharakterstudien. Spotlight on für ihre Figuren, die sie für sich und über sich sprechen läßt, ohne sie jemals zu bevormunden. Ein Buch zum Lachen und zum Weinen. Zum genießerischen Wehmütigsein und zum sinnigen Nachdenken.«
Karin Struck/Die Welt, Bonn

»Ein buntes Kaleidoskop von Geschichten aus dem prallen Leben.« *NDR, Hannover*

»In *Für immer und ewig* dreht sich, frei nach Arthur Schnitzler, alles um die Liebe. Wie in einem Karussell begegnen sich die einzelnen Personen immer wieder in einem wilden Wirbel von Liebe, Leid und Leidenschaft.« *Augsburger Allgemeine*

Der Mann meiner Träume

Erzählung. detebe 22533

Doris Dörrie erzählt die Geschichte von Antonia, die den Mann ihrer Träume tatsächlich trifft. Sie erzählt eine moderne Liebesgeschichte, eine heutige Geschichte, deren Thema so alt ist wie die Weltliteratur, eine Geschichte von der Liebe.

»Ein erzählerisches Naturtalent mit einem beneidenswerten Vermögen, unkompliziert und gekonnt zu erzählen. Der Leser beendet die Lektüre mit höchst be-

wußtem Bedauern darüber, daß er diese kurzweilige, unprätentiöse Erzählung schon hinter sich hat.«
Frankfurter Allgemeine Zeitung

»Doris Dörrie ist als Erzählerin Spezialistin in diffizilen Angelegenheiten der kleinen Rache und gezielten Ohrfeigen zum Zwecke der Unterstützung des eigenen Selbstwertgefühles.
Sie ist eine sehr gute Kurzgeschichten-Schreiberin – mit der erforderlichen Prise Selbstironie, mit stilistischer Eleganz.« *Die Zeit, Hamburg*

Liebe, Schmerz und das ganze verdammte Zeug

Geschichten. detebe 21796

Vier großartige, liebevolle, traurige, grausame Geschichten. *Mitten ins Herz, Männer, Geld, Paradies.* Geschichten von befreiender Frische.

»... ohne stilistische Bedenken, theoretische Skrupel oder methodische Zweifel. Doch lesen wir sie mit einer Begeisterung wie ein belletristisches Debüt schon lange nicht mehr.« *Frankfurter Allgemeine Zeitung*

»Doris Dörrie ist eine beneidenswert phantasiebegabte Autorin, die mit ihrer unprätentiösen, aber sehr plastischen Erzählweise den Leser sofort in den Bann ihrer Geschichten schlägt, die alle so zauberhaft zwischen Alltag und Surrealismus oszillieren. Ironische Märchen der 80er Jahre – Kino im Kopf.«
Der Kurier, Wien

»Ihre Filme entstehen aus ihren Geschichten.«
Village Voice, New York

»Was wollen Sie von mir?« und 15 andere Geschichten

detebe 21916

Mit diesen knappen, manchmal melancholischen, manchmal sehr komischen, manchmal märchenhaften

Geschichten gelingt Doris Dörrie ein kleines Panorama unserer ver-rückten Gesellschaft.

»Es ist vollkommen gleichgültig, ob Sie Doris Dörrie in der Badewanne, im Intercity-Großraumwagen, im Lehnstuhl oder in der Straßenbahn lesen, nur: Lesen Sie sie! Lassen Sie sich nicht irre machen von naserümpfenden Kritikern, diese sechzehn Short-Stories gehören durchweg in die Oberklasse dieser in Deutschland stets stiefmütterlich behandelten Gattung.« *Deutschlandfunk, Köln*

»Vor allem freut man sich, daß Doris Dörrie den eitlen Selbstbespiegelungen der neuen deutschen Weinerlichkeit eine frische, starke und sensible Prosa entgegenstellt.« *Kölnische Rundschau*

Love in Germany

Deutsche Paare im Gespräch
mit Doris Dörrie
Leinen

Liebe, mehr Liebe, noch mehr Liebe!
Diesmal geht Doris Dörrie ihr Thema dokumentarisch an. Dreizehn Fotos und dreizehn Gespräche über heiße Themen wie Eifersucht, Vertrauen, Fremdgehen, Partnersuche, Nähe, Freiräume, Glück, Wut, Illusionen und Phantasien...
Ein Buch zum Lachen und zum Weinen, aber auch ein Buch, in dem man sich wiedererkennen kann.

»Mich hat das Komische im Tragischen immer schon am meisten interessiert.« *Doris Dörrie*

»Doris Dörrie hat unverkennbar eine Wahlverwandtschaft mit Woody Allen offenbart.«
Neue Zürcher Zeitung

»Doris Dörrie ist eine Meisterin des befreienden Lachens; das ist ihr Geheimnis.« *Die Zeit, Hamburg*

Viktorija Tokarjewa im Diogenes Verlag

Lebenskünstler
und andere Erzählungen

Aus dem Russischen von
Ingrid Gloede. Leinen

»Viktorija Tokarjewas Geschichten sind seit jeher von großer Anmut, allesamt Kunst-Stückchen, die einem die Vorstellung von Leichthändigkeit suggerieren. Nicht jedoch von Leichtgewichtigkeit. Die Genrebilder aus dem sowjetischen Alltagsleben, die die Autorin in ihrem Kaleidoskop aufleuchten läßt, sind nichts weniger als heiter, sie sind stellenweise sogar niederdrückend und bestürzend. Wenn sie uns dennoch ein Schmunzeln entlocken, dann liegt das daran, daß die Tokarjewa über einen ausgeprägten Humor verfügt und diese Gabe durchweg einsetzt. Es ist kein Humor der satirischen Art, eher eine sanfte Ironie, gewürzt mit einer Prise Traurigkeit und einem vollen Maß an mitmenschlichem Erbarmen.«
Frankfurter Allgemeine Zeitung

»Viktorija Tokarjewa psychologisiert nicht. Sie erzählt. In einem Ton und mit einer Sicherheit, die nicht den geringsten Zweifel zuläßt, daß hier eine großartige Autorin zu entdecken ist.« *NDR, Hamburg*

»Sie erzählt von Menschen – erstaunlich emanzipierten Frauen –, die einem Ideal nachjagen, dauernd im Aufbruch begriffen sind und doch an den realen Bedingungen klebenbleiben wie an Leimruten.«
Die Weltwoche, Zürich

Happy-End

Erzählung. Aus dem Russischen
von Angelika Schneider. Leinen

Aus purem Trotz heiratet Elja viel zu früh den sie naiv vergötternden Tolik und zieht mit ihm zu seinen Eltern in ein russisches Provinznest. Als sie an der Langeweile des Kleinstadtlebens zu ersticken droht, verliebt sich Elja in den Schauspieler Igor, der so wunderschön Lermontow rezitiert. Sie zieht mit ihm nach Moskau. Aber Igor ist Alkoholiker und hat seit Jahren keine guten Rollen mehr gespielt...

»Die große Kunst der Viktorija Tokarjewa besteht im äußerst sparsamen Gebrauch der erzählerischen Mittel. Überflüssige Details zu vermeiden und auf kürzestem Weg ins Herz der Dinge und der Menschen vorzudringen ist die Maxime der Autorin. Ihre Erzählungen sind von geradezu elementarer Wucht. Sie ist eine Meisterin.« *Frankfurter Allgemeine Zeitung*

»Vor allem aber liegt der Zauber von Viktorija Tokarjewas Schreibweise in einem Čechov'schen Humor, der das schwere Leben leichter macht, dazu in gelegentlichen Ausflügen ins Träumerisch-Phantastisch-Absurde, im Witz der Formulierung, der den Geist vom Druck der Verhältnisse befreit.«
Deutsche Welle, Köln

Mara

Roman. Deutsch
von Angelika Schneider
Leinen

Die ehrgeizige Mara hat nur zwei Ziele: Macht und Geld. Da sie beides mangels Ausbildung auf direktem Wege nicht erreichen kann, geht sie den Umweg über Männer.
In *Mara* entwirft die Autorin das psychologisch feinfühlig gezeichnete tragikomische Bild einer modernen russischen ›femme fatale‹.

»Ihre Erzählungen führen sehr direkt an das Wesen der Menschen heran. Was sie sagt, sagt sie in äußerst gedrängter Form. Eine ›Vaterschaft‹ Čechovs scheint vor allem im Umgang mit der Sprache, in der Beobachtungsgabe und im manchmal fast melancholischen

Humor durchzuschlagen. Und obwohl Viktorija Tokarjewa in der Sowjetära lebt, sind ihre Figuren zeitlos, sieht man von den wenigen Tönen des Zeitkolorits ab. Wieviel klingt da mit.«
Regula Heusser/Neue Zürcher Zeitung

Zickzack der Liebe

Erzählungen. Deutsch von
Monika Tantzscher. detebe 21859

Die Menschen der Viktorija Tokarjewa rebellieren gegen ein Leben, das mit der Regelmäßigkeit eines Uhrwerks abläuft und keinen Raum für spontanes Glück läßt. Sie träumen vom Überschwang des Herzens und von leidenschaftlicher Liebe – zu deren Unbedingtheit sie sich dann doch nicht entscheiden können. Das Leben zu zweit erscheint wie ein spannender Kampf »zwischen Wahrheit und Lüge«.
Ironisch und mit Herzblut erzählt eine selbstbewußte Autorin von den Partnerschaftsnöten emanzipierter sowjetischer Frauen.

»Viktorija Tokarjewa schreibt keine tendenziöse Frauenprosa; die Frauen kommen nicht besser weg als die Männer, mögen sie auch völlig anders sein. Mit kinematographisch geschultem Blick beobachtet sie – Absolventin des Leningrader Filminstituts und Verfasserin zahlreicher Drehbücher – Menschen in ihrem privaten und beruflichen Alltag, sensibel und doch auf Distanz, wie ihr Vorbild Čechov.«
Ilma Rakusa/Neue Zürcher Zeitung